CADEAU MORTEL

CADEAU MORTEL

RAGEOT • ÉDITEUR

ISBN 2-7002-3122-8
ISSN 1766-3016

Ces nouvelles ont paru dans le recueil
Cadeau mortel pour Noël, collection Magnum.

RÉVEILLON CHEZ MAGALI

LORRIS MURAIL

EN TOUCHANT le pare-brise, les flocons de neige alimentaient des ruisselets qui semblaient fuir vers le toit de la voiture. Dominique mit les essuie-glaces en marche.

– Ils annoncent moins cinq, cette nuit. Je te dis pas le verglas qu'on va se payer en rentrant. On serait tellement bien à la maison.

– Tu me laisseras le volant, répondit Sandrine. Je tiens à la vie. Verglas plus champagne, on connaît le résultat.

– Parce que tu vas nous regarder boire ?

Dominique freina brusquement. Il avait failli rater l'embranchement. Les Galupières, neuf kilomètres.

– Tout ça à cause des lubies de cette vieille cinglée...

– Je t'en prie, Dominique, pas devant Ninon. Elle répète tout.

Avec un bel ensemble, mari et femme jetèrent un coup d'œil dans le rétroviseur. À genoux sur la banquette arrière, la petite dessinait un lapin sur la vitre embuée, côté portière gauche. Elle paraissait totalement absorbée par sa tâche mais ne perdait pas une miette de la conversation, tous deux le savaient.

– Crazy ! Nuts ! lança Dominique.

– Tu parles anglais, maintenant ?

– Comme tu voudras. Dingue ! Maboule ! Pin-pon !

– Dominique, arrête !

– À lier !

– Dominique !

– Comme un lapin !

– Mais arrête !

– Bonne pour le cabanon !

Sandrine fronça les sourcils, comme pour réfréner sa colère. Mais ce fut un bruyant éclat de rire qui explosa, lui inondant le visage de larmes.

– T'as gagné, mon maquillage est foutu, dit-elle en ouvrant le sac posé sur ses genoux.

Dans le petit miroir rond, elle examina les deux traînées noires qui avaient coulé sur ses joues.

– Autant rigoler un coup maintenant, estima Dominique. Parce que la soirée de réveillon chez tante Magali avec Stuart, Odile, Urbain et les autres...

– Elle n'a plus que nous, ses neveux et nièces. Il faut la comprendre.

– Je peux comprendre certaines choses. Mais que cette vieille fo... que tante Magali nous ordonne, je dis bien nous ordonne de venir passer le réveillon chez elle sans Ninon, là, ça me dépasse !

– Je lui ai dit, je lui ai répété dix fois que Noël est la fête des enfants. Elle n'a rien voulu savoir.

Dominique renifla.

– Ce qui me dépasse encore plus, c'est qu'on ait accepté ! Parce qu'on a accepté ! Et les autres aussi, je suppose, Jean-Félix, Stuart, Odile et compagnie.

– Ce n'est pas pareil. Leurs enfants sont grands. Ninon n'a que six ans.

Dominique se mit à taper du poing sur son volant.

– Ah ! le pouvoir de l'argent !

– Qu'est-ce que tu veux dire ?

– Tu me suis parfaitement.

– Pourquoi vous vous disputez ? demanda Ninon.

– On ne se dispute pas, répondit Sandrine, on... À droite ! Tu vois bien que c'est là ! Toutes les fenêtres sont allumées.

❄

Dominique se gara au bout du chemin gravillonné, entre deux autres voitures, et donna un petit coup de klaxon. Devant les lumières de la maison, l'averse de neige paraissait deux fois plus dense. Une demeure incontestablement élégante, songea Dominique. Mais qui ne donnait qu'une faible idée de la fortune de sa propriétaire. Il sentit la main de Sandrine sur son bras. Elle le pinça à travers l'épais tissu du manteau.

– Tu me laisses parler, d'accord ? Tante Magali n'est pas idiote. Elle comprendra. Si tu pouvais t'abstenir de te montrer odieux avec elle, ça me rendrait service.

Sandrine se retourna.

– Ninon ? Tu te souviens de notre conversation, n'est-ce pas ? Si tu veux trouver quelque chose dans tes souliers demain matin, tu sais ce qu'il te reste à faire.

– Bonjour, merci, s'il te plaît, récita Ninon.

La grosse porte de bois s'ouvrit avant qu'ils aient fini de gravir les marches du perron.

Une vieille dame apparut vêtue d'une houppelande rouge à col de fourrure blanche.

– Tante Magali ! Vous nous jouez les mères Noël ! s'exclama Dominique.

Sa femme l'écarta d'une bourrade.

– J'espérais caser Ninon chez sa copine Alice, mais ça n'a pas marché, expliqua-t-elle précipitamment. Pour ce qui est de dénicher une baby-sitter le soir du réveillon, tu imagines ! J'ai tout essayé, même les mammy-sitters, tu sais, cette association de…

Magali n'écoutait pas sa nièce. Rien n'avait troublé le sourire éclairant sa bonne figure ronde qu'aucune ride n'était venue creuser en soixante-quinze ans d'existence. Mais ses yeux étroits n'avaient pas quitté un instant la gamine qui se serrait contre les jambes de sa mère.

– Bonjour, tante Magali ! s'écria Ninon. Joyeux Noël, tante Magali !

Magali détacha enfin son regard de l'enfant.

– Tu ne pourras pas prétendre que je ne t'avais pas prévenue, dit-elle à sa nièce.

Puis, à Ninon :

– Entre, ma chérie.

❄

Ninon n'aimait pas beaucoup la tante Magali, mais elle adorait sa maison. Et plus que tout l'immense entrée où, sur la cheminée à dessus de marbre, sur des consoles en bois doré, sur des étagères de verre, la vieille femme avait disposé les plus précieux de ses trésors. Des bibelots de porcelaine, des statuettes en biscuit, des vases chinois, des pendules encadrées de chevaux cabrés.

Ses objets préférés étaient exposés sur les tablettes transparentes d'une vitrine. Des sulfures emprisonnant dans le cristal de mystérieux sujets d'or ou de céramique, des millefiori où fleurissaient dans le verre d'étranges jardins multicolores d'émail. Il y avait là des raretés et des merveilles mais, pour Ninon, aucune n'égalait la grosse boule qui saupoudrait de neige un paysage de nacre et d'argent quand on la renversait.

– Ne commence pas, Ninon, dit derrière elle la voix de Sandrine. Suis-nous.

Ninon leva la tête. Au-dessus des portes de chêne qui menaient au salon, trophée cloué sur une planche en forme d'écusson, Reynald la contemplait de ses yeux à l'éclat de diamant. Reynald avait le nez velu et de grands bois plats. Un soir comme celui-là, jugea Ninon, Reynald n'aurait pas dû se trouver ici. Il aurait dû sillonner la nuit glacée, tirant un traîneau plein de jouets et de cadeaux.

❄

Ils arrivaient les derniers. Dans le salon aux airs de fête, avec son arbre de Noël enguirlandé et sa longue table chargée de vaisselle rutilante, deux couples attendaient. Sur le premier canapé, Jean-Félix et Félicia, sur le second canapé Stuart et Odile. Un peu à l'écart, à califourchon sur une chaise de style, Urbain interrogeait le fond de sa coupe vide.

Dominique leva le sac qu'il tenait à bout de bras pour indiquer qu'il portait le champagne au frais. Dans la cuisine, il huma des odeurs qui le réconcilièrent avec la vie. Il resta un instant accroupi devant le frigo ouvert à s'emplir les narines d'un mélange délicieusement écœurant de saumon fumé, foie gras et crème au beurre.

Derrière la porte fumée du four chantait une énorme volaille. Tous les parfums de Noël étaient réunis et, bon sang, ça faisait du bien.

– Je croyais qu'il fallait venir sans les enfants. Impérativement.

Dominique se retourna pour faire face à Jean-Félix. Ce petit homme bedonnant à la calvitie prononcée était le plus âgé des neveux de tante Magali. Il avait épousé une Félicia et baptisé sa fille Félicité, comme s'il suffisait de nommer le bonheur pour vivre sous sa protection. Pourtant, le couple battait de l'aile et la gamine fuguait tous les deux mois.

Dominique faillit répondre que sa fille à lui n'avait pas encore l'âge de réveillonner à la marijuana dans un squat pourri. Mais il se contenta de hausser les épaules.

– Viens, lui dit Jean-Félix, je crois que Magali nous a préparé un discours. Plus vite elle en aura terminé, plus tôt on pourra se mettre à table.

– Bien parlé. Je crève de faim.

Sandrine s'était assise auprès de sa sœur Odile. Elle adressa un signe à son mari pour l'inviter à les rejoindre sur le grand canapé bleu. Sandrine et Odile étaient les deux nièces de Magali. Jean-Félix et Urbain étaient ses deux neveux.

Engoncée dans sa houppelande rouge, la vieille dame se tenait debout derrière la longue table au centre de laquelle étaient disposés trois plateaux d'huîtres. On aurait dit qu'elle s'apprêtait à dîner seule, sous les yeux de son maigre public.

Tous étaient tournés vers elle. Pourtant, elle prit un couteau et fit tinter un verre de cristal pour réclamer leur attention.

– Il y a quelques jours, commença-t-elle, je me suis rendu compte que j'allais avoir soixante-seize ans et qu'il était grand temps pour moi de mourir. Je suis lasse. Être riche, vieille, veuve et rhumatisante ne m'amuse plus. Vous me connaissez, je suis une femme d'action. Quand j'ai pris une décision, je l'exécute. Je vais donc mourir.

– Ma tante! se récria Jean-Félix. C'est Noël. Ce n'est pas un jour pour les idées noires.

Magali réduisit son neveu au silence d'un regard plus sombre encore que ses idées.

– Vous aussi vous êtes las, je le sais. Las des caprices et des extravagances de cette vieille toquée de Magali. Las surtout d'attendre votre part d'héritage.

Trois nouveaux coups de couteau contre le verre de cristal firent taire les protestations.

– J'ai bien réfléchi. Ces affaires de succession sont un cauchemar. D'ailleurs, comme vous l'avez probablement constaté avec amertume, je déteste partager.

Toujours à l'écart dans son coin, Urbain émit un petit rire. Urbain était le plus jeune des neveux et nièces de tante Magali, le seul encore célibataire. Personne à vrai dire n'envisageait qu'il ne le reste pas.

– Ce n'est pas toi qui me contrediras, mon cher Urbain. Car tu t'es efforcé de m'inculquer le sens du partage sans lésiner sur les efforts. En vain, il me faut l'admettre. Eh bien, mes enfants, sachez qu'au moment où je vous parle, je n'ai plus rien.

Une lueur d'inquiétude passa d'œil en œil.

– J'ai tout vendu, y compris cette maison, dont le nouveau propriétaire prendra possession au premier janvier prochain. Rassurez-vous, je n'ai rien bradé. Et au total, ma foi, cela fait une assez jolie somme. Mon défunt mari avait un don pour les affaires. Dommage qu'il n'ait pas eu beaucoup d'autres qualités.

– Et si on mangeait pendant que la maison est encore à toi ? proposa Urbain d'un ton délibérément insolent.

– Ne me raconte pas que le sort de mon argent t'indiffère, je ne te croirai pas. Tout est dans un coffre, à Genève, à l'Union de banques suisses. Comme je n'aime pas le partage, j'ai décidé que tout reviendrait à celui qui l'ouvrirait. Il n'y a presque rien à trouver. Une clé et un numéro de huit chiffres. Pour cela, chacun d'entre vous va recevoir un indice. L'un de ces indices sera le bon. À l'heureux gagnant d'être assez malin pour le déchiffrer. Vous voyez, c'est d'une simplicité enfantine.

Le regard de tante Magali se posa un bref instant sur la petite Ninon.

– Sandrine et Dominique… Jean-Félix et Félicia… Odile et Stuart, récita Urbain. Chaque couple aura deux chances. Et moi, recevrai-je deux indices ?

– Tu n'avais qu'à te marier, mon neveu. Maintenant, tu n'as plus qu'à prier pour avoir de la chance.

Tante Magali s'assit soudain, à la place qu'elle s'était réservée, au centre de la table. Elle allongea le bras et saisit une huître, dans le grand plateau placé devant elle. Posément, elle garnit son assiette d'une douzaine de coquillages.

Il y eut un froissement impatient du côté des canapés, comme si la vieille dame venait de donner le signal annonçant le début du repas de réveillon.

– Restez où vous êtes, dit Magali. J'ai encore une petite histoire à vous raconter. Ah… mais elle n'est pas destinée aux jeunes oreilles. Ninon, ma chérie, est-ce que tu veux bien sortir quelques minutes ? Ensuite, tes parents feront ce qu'ils souhaitent. Cela ne me concernera plus. Plus rien ne me concernera.

Sandrine se leva en bougonnant, prit sa fille par la main et la conduisit jusqu'à la porte.

– Tu regardes mais tu ne touches à rien, chuchota-t-elle à l'oreille de Ninon.

Ninon retourna sans protester dans la vaste entrée, parmi les vitrines chargées de bibelots. Elle préférait la compagnie de Reynald à celle des grandes personnes. Aucune d'entre elles ne lui avait souhaité un joyeux Noël ou ne lui avait offert le moindre cadeau. Cette soirée de réveillon était absolument nulle.

❄

Tante Magali ne prêta pas attention à la sortie de sa petite-nièce. Elle scrutait l'huître qu'elle tenait entre deux doigts.

– Savez-vous que les huîtres ont les yeux bleus ? demanda-t-elle. Comme mon défunt mari. Il n'avait pas beaucoup de qualités, mais il avait de beaux yeux. Je me souviens de ce jour comme si c'était hier. Une terrasse au bord de la plage, sur l'île d'Oléron. Il faisait beau. On voyait les voiles au loin sur la mer. René et moi avons commandé des huîtres. Deux douzaines de spéciales.

Tante Magali s'empara d'une fourchette à huîtres et entreprit de séparer le mollusque de son pied. Elle le contempla un instant puis le goba.

– Et après... je ne suis pas sûre... je crois que j'avais choisi la sole meunière. Peu importe, car ce n'est pas moi qui l'ai mangée.

Magali tira sur les amples manches de sa houppelande. Quelques gouttes d'eau de mer tombèrent de la fourrure blanche qui lui couvrait les poignets. Elle avala une deuxième huître puis une troisième.

– C'est si bon pourtant.

La première demi-douzaine y était passée. Magali ferma les yeux et souffla longuement, comme si elle venait de surmonter une épreuve difficile. Des perles de sueur apparurent sur son front.

– J'attendais ma sole. La dernière image dont je me souvienne est celle de l'écume sur l'océan. Tout s'est mis à tourner. La suite, on me l'a racontée. Les sauveteurs en maillot de bain puis les pompiers. Et après, l'hélicoptère. Je n'ai repris conscience que dans une chambre d'hôpital, à La Rochelle.

Magali semblait à présent perdue dans un autre monde, le monde de ses souvenirs et de sa jeunesse. Elle ne voyait pas le sourire sarcastique d'Urbain, pas davantage la mine préoccupée d'Odile ou les grimaces perplexes de Jean-Félix. Les mains agitées d'un léger tremblement, elle se hâta de manger les six huîtres restantes. Visiblement, elle n'y prit aucun plaisir.

– Il était beau, ce petit interne, vous ne pouvez pas savoir. Je me rappelle chacun des mots qu'il a prononcés. « C'est la dernière fois que vous mangez des huîtres, madame Kléber. Vous vous en êtes tirée de justesse. La prochaine fois, probablement, personne ne pourra vous sauver. »

Les traits de tante Magali se crispèrent.

– J'ai chaud, tout à coup. Cette houppelande m'étouffe. Je n'avais jamais été allergique, auparavant. Il a suffi d'une huître. Je les ai regardées souvent au cours de ces trente dernières années. Parfois, j'ai été tentée. Aujourd'hui, c'est le jour.

Son visage se décomposa et son buste s'affala brusquement sur la table parmi les coquilles vides. Puis, lentement, tante Magali glissa de sa chaise.

❄

Stuart, le mari britannique d'Odile, fut le premier à jaillir du canapé. Mais il ne put que recueillir l'ultime spasme de la vieille femme. Magali gisait à plat ventre sur le beau parquet, le nez dans une flaque verdâtre.

Stuart se retourna. Odile se tenait juste derrière lui, les yeux agrandis par l'horreur.

– Elle n'est pas… elle n'est pas… Stuart, ce n'est pas possible, pas le soir du réveillon.

Odile éclata en sanglots. Elle attrapa la jolie serviette brodée qui faisait comme un cornet sur une assiette et se tamponna les joues pour sécher ses larmes.

– Qu'est-ce que c'est ?

Elle venait d'apercevoir le petit carton posé sur l'assiette, sous la serviette. Elle le prit et lut le mot écrit dessus, un unique mot tracé à l'encre violette en grandes lettres penchées, comme sur un cahier d'écolier.

– Bûche, dit-elle.

Elle haussa les épaules.

– Qui va encore avoir envie de la bûche, à présent ?

Jean-Félix s'était approché. Il avait les yeux fixés sur une autre serviette, placée sur une autre assiette, si intensément qu'il semblait vouloir la déplacer par la seule force de sa volonté. Il allongea le bras et la souleva comme un magicien qui veut faire constater que les dés enchantés ont réapparu.

Il lut sans toucher le petit carton.

– Sapin ! Félicia, c'est mon indice. Sapin. Vite, prends-en un, dépêche-toi !

Neveux et nièces, hommes et femmes, tous se précipitèrent soudain. Tous sauf un, Urbain, qui ricanait dans son fauteuil, une bouteille de champagne à la main.

– Dinde ! annonça Félicia.

– Île déserte, annonça Stuart.

– Renne, annonça Sandrine.

– Père Noël, annonça Dominique. Qu'est-ce que ça veut dire ?

– C'est là, dans la maison. Il faut trouver, lui répondit Sandrine.

Jean-Félix fut le premier en action. Sapin. L'indice était limpide et prometteur. Sapin, l'arbre aux cadeaux. Mais, au pied de celui de tante Magali, il n'y avait pas le plus misérable paquet.

– Jean-Félix, gémit Félicia, et Magali ? On ne peut pas la laisser…

Mais son homme ne l'écoutait pas. Grimpé sur une chaise, il avait entrepris de déshabiller l'arbre de Noël. Méthodiquement, il décrocha les guirlandes dorées et argentées, les boules miroitantes et les silhouettes de feutre, il décrocha tout jusqu'à l'étoile qui brillait sur la cime.

– Ne reste pas les bras ballants ! cracha Odile à l'adresse de son époux. Ils vont trouver avant nous !

– Tu n'as rien compris, répondit Stuart. Pour trouver, il faut avoir le bon indice. Se presser ne sert à rien.

– N'empêche qu'il m'énerve, celui-là, dit Odile en jetant un regard mauvais en direction d'Urbain.

D'un geste rageur, elle souleva la dernière serviette.

– Tempête de neige ! cria-t-elle. Tu ne voulais pas savoir, eh bien tu sauras quand même ! C'est tempête de neige. Débrouille-toi avec ça, mon vieux.

Urbain remplit son verre et le vida, remplit son verre et le vida. Puis il se leva et marcha d'un pas incertain jusqu'à la baie vitrée. Dehors, la neige tombait de plus en plus fort.

– Tempête de neige ! s'exclama-t-il. Sacrée Magali.

En vain, il scruta les flocons blancs.

À l'autre bout du vaste salon, Jean-Félix auscultait les guirlandes centimètre par centimètre tout en achevant de piétiner les boules de Noël. Déjà, sous ses efforts brutaux, le sapin avait perdu la moitié de ses aiguilles. Il lança vers sa femme une chaussette rouge garnie de grelots.

– Qu'est-ce que tu attends ? Dinde ! La dinde ! Tu devines où elle est, non ?

– Commence par tes poches, Félicia ! suggéra Urbain. C'est peut-être sur toi.

– Sors de cette pièce ! hurla Félicia. La neige, c'est dehors !

Sandrine eut l'impression de reprendre brusquement ses esprits, après deux ou trois longues minutes d'hébétude. Mais elle ne se sentit pas concernée par la compétition délirante qui venait de s'engager. Il y avait quelque chose de beaucoup plus important, de beaucoup plus urgent.

– Ninon ! gémit-elle comme si elle ne l'avait plus vue depuis des heures.

Elle se rua vers la porte du salon.

– Sandrine, où vas-tu ? cria Jean-Félix. Elle va à la cuisine, je suis sûr qu'elle va à la cuisine. Grouille-toi, bon sang, Félicia. Sandrine va à la cuisine ! La dinde ! La dinde !

– La bûche ! fit Odile.

Sandrine les ignora. L'espace d'un instant, elle crut que sa fille avait disparu. Elle ne l'apercevait nulle part dans l'immense entrée.

Mais Ninon était bien là, roulée en boule sur le sol, au pied d'une console dorée. Elle dormait.

Sandrine ôta son châle et en recouvrit la gamine. Mieux valait la laisser là, ne pas risquer de la réveiller.

– Ils sont tous fous, murmura-t-elle en entendant le tumulte hystérique qui provenait de la cuisine. Et moi, qu'est-ce que je deviens, avec mon renne ? Il ne devait pas être prévu au dîner, celui-là.

Elle songea aux silhouettes de feutre accrochées aux branches du sapin. N'y avait-il pas un renne ? Elle haussa les épaules. Jean-Félix avait dû le déchiqueter, comme le reste.

– Je m'en fous du pognon de la vieille tante, poursuivit-elle. Tout ce que je veux, c'est partir d'ici. Et...

Elle s'était tournée vers la porte à double battant, grande ouverte sur le salon. Au-dessus, deux yeux brillants la regardaient. Le trophée, l'énorme tête velue.

– J'ai toujours pensé que c'était un élan ou un caribou... Est-ce que c'est un renne ?

Dominique errait à quelques pas d'elle, de l'autre côté de la porte.

– Dominique ! Viens voir ! Est-ce que tu crois que c'est un renne ?

Dominique approcha, se tordit le cou, recula.

– Sûrement pas. Les rennes ont le... ils sont plus... bof, j'en sais rien.

– Peu importe, décida Sandrine. Magali devait prendre ça pour un renne. Rien d'autre ne compte. Aide-moi.

Ensemble, ils déplacèrent une petite vitrine. Sandrine ôta ses chaussures pour grimper dessus. En tendant les bras, elle pouvait attraper le trophée par les cornes. Non, on ne disait pas des cornes.

– Des andouillers ! s'exclama-t-elle. Tu sais, Dominique, plus il y en a, plus ils sont vieux. C'est bien un renne.

– Tu confonds avec les cerfs.

Sandrine poussa un gémissement.

– Ça pèse son poids. Avec l'écusson, il fait au moins quinze kilos.

Elle souleva, vers la droite, vers la gauche, cherchant comment la chose était accrochée. Soudain, le trophée se détacha du mur dans une pluie de plâtre et Sandrine faillit tomber avec lui. La grosse tête velue s'écrasa sur le sol, non sans fendre au passage d'un coup d'andouiller la vitrine sur laquelle se tenait la jeune femme. Sandrine sauta sur sa proie.

– Il faudrait une hache, dit-elle.

Dominique se pencha auprès d'elle.

– Les yeux… on dirait des diamants, non ?

– Magali a parlé d'une clé et d'un numéro.

– Tu veux vraiment massacrer cette pauvre bête à la hache ?

– Non.

Sandrine se redressa en frissonnant.

– Ninon a le sommeil dur, constata-t-elle. Qu'est-ce que c'est que ce vacarme ?

– La dinde, devina Dominique. Tout le monde n'a pas les mêmes scrupules que toi.

Il frappa le museau du renne d'un violent coup de talon.

– T'as ramassé un indice pourri. Jamais la tante n'aurait eu la force de décrocher la tête de renne pour cacher quelque chose à l'intérieur.

– Comment ça, la dinde ? demanda Sandrine. Elle est cuite, la dinde. Ils sont en train de s'entre-tuer, oui. Ce n'est pas normal, ce qui se passe ici, Dominique.

– Il ne va rien nous rester à manger, dit-il.

– Il est près de dix heures. On devrait en être au saumon fumé. En tout cas, pas question que je touche aux huîtres.

Après un instant de réflexion, Sandrine ajouta :

– Même la dinde… Je m'imagine mal en train de m'empiffrer de dinde aux marrons alors que la pauvre Magali n'est pas encore froide.

❄

La dinde quant à elle fumait encore. La volaille dorée gisait déchiquetée sur la table de marbre de la cuisine. Félicia en achevait maladroitement l'autopsie, la main enveloppée dans un torchon. Tous étaient là, autour d'elle, à l'exception d'Urbain.

– Que se passe-t-il ? demanda Sandrine en entrant. C'est toi qui pousses ces hurlements, Félicia ?

– Félicia s'est brûlée en fouillant la farce, expliqua Stuart qui tenait à la main des lambeaux de chair blanche. Demandez-lui si vous voulez un morceau.

Dominique fit un pas en direction de la table. Félicia lui jeta un regard hostile. Sans un mot, elle piqua une lanière de blanc bordée de peau croustillante à l'aide de sa longue fourchette à deux dents et la lui tendit. Puis, excédée, elle prit le long couteau de boucher grâce auquel elle avait commencé la dissection et poignarda la bête avec une insoupçonnable vigueur. Cinq fois, dix fois, elle lacéra la carcasse, faisant fuser des jets de graisse.

– Arrête ! s'écria Jean-Félix. Tu ne trouveras rien comme ça.

Félicia éclata en sanglots.

– Il n'y a rien ! gémit-elle. Magali m'a toujours détestée et toi tu ne m'as jamais défendue. Et maintenant elle est morte et je me suis brûlée et il n'y a rien dans la dinde.

– Fifi, dit Jean-Félix, écoute...

La voix de Félicia dérapa brusquement :

– Ta tante nous a déshérités et tu restes là sans rien dire ! Mais tu n'es qu'un minable, qu'un minable !

– Et moi ? Et moi, tu as vu ? lança Odile.

Odile achevait de nettoyer sa robe vert pomme avec une éponge, adossée à l'évier de grès. Près d'elle, sur la paillasse, la bûche de Noël n'était plus qu'une bouillie brunâtre où surnageaient un nain de plastique rouge et un champignon en meringue.

– Odile n'a rien trouvé dans la bûche, commenta Stuart à l'intention de Sandrine et Dominique. Elle a taché sa robe et... il y avait autre chose mais j'ai oublié quoi. Ah oui, il paraît que la crème au beurre avait un goût rance.

– Dommage, soupira Sandrine. Je veux dire : tant mieux.

Stuart haussa les épaules.

– Et toi, ton renne ? demanda-t-il comme s'il prenait des nouvelles d'un vieil ami à la santé précaire.

– Je n'ai pas faim, dit Sandrine. Je le mangerai plus tard. Franchement, Stuart, crois-tu que Magali se soit moquée de nous tous ? Je me disais... elle est capable d'avoir légué sa fortune à la Société protectrice des poissons rouges ou je ne sais quoi dans ce genre.

Stuart feignit de considérer l'hypothèse avec sérieux.

– Non, décida-t-il enfin. Je ne pense pas. Je pense que l'un des sept indices est le bon.

– Ah ? Et lequel ?

Stuart sourit béatement.

– On dirait que les choses sont en train de tourner en ma faveur, non ? Si ce n'est pas sapin, pas dinde, pas renne, pas bûche…

– Et toi ? Tu as eu quoi, comme indice ?

Le sourire de Stuart disparut.

– Île déserte. Et je ne vois pas du tout, du tout, du tout… Dix pour cent pour toi si tu me mets sur la piste.

– Île déserte, île déserte, l'île au trésor…

Sandrine réfléchissait tout haut.

– *Robinson Crusoé* ! s'exclama-t-elle.

– Jamais réussi à le lire jusqu'au bout, avoua Stuart.

– *Robinson Crusoé,* persista Sandrine. Magali adorait ce livre. Qu'est-ce qui lui prend, à ta femme ? On dirait qu'elle nous pique une crise.

La cuisine s'était vidée. Tous se retrouvèrent de nouveau au salon. Furieuse, Odile observait Urbain qui mangeait des huîtres en solitaire à la longue table de fête, avec une bouteille de champagne pour toute compagnie.

– Manger les huîtres d'une morte ! hurla-t-elle. Mais tu es un monstre !

– Moi, je l'aimais, tante Magali, dit Urbain. Il n'y a que moi qui l'aimais vraiment. Quand je mange des huîtres, je me sens plus proche d'elle.

– Il est fou, chuchota Dominique à l'oreille de sa femme. Ces huîtres sont peut-être empoisonnées. Tu as vu comment Magali est tombée raide ?

Sandrine et Dominique contemplaient le corps inerte de la vieille tante.

– Tu n'as pas l'impression qu'elle a bougé depuis tout à l'heure ? demanda Sandrine d'une voix blanche. Son bras... est-ce qu'elle n'avait pas le bras le long du corps ?

Dominique secoua la tête comme pour émerger d'un mauvais rêve.

– Depuis le début, j'ai un doute. Elle est capable d'avoir manigancé tout ça pour nous pourrir la soirée. Pour nous obliger à nous dévoiler...

– Elle simule, c'est ça que tu veux dire ?

Sandrine parlait tout bas, comme si vraiment Magali pouvait l'entendre. Urbain, en tout cas, avait surpris leur échange. Il cessa un instant de manger pour lancer :

– De la catatonie ! Ou de la catalepsie ! Aucun d'entre vous n'a eu le courage de l'ausculter. Elle vous a dit qu'elle allait mourir et vous l'avez crue. On aurait peut-être pu la sauver...

Dominique s'agenouilla près du corps. Dans son poing crispé, il avait gardé le bristol froissé. Père Noël. Magali s'était déguisée en mère Noël.

– Dominique... murmura Sandrine.

Son mari avait pris le poignet de la vieille femme.

– Est-ce que tu sens quelque chose ? Dominique ?

Dominique essayait de masquer le travail de ses mains. La tante était partie pour un monde meilleur, il l'avait vu tout de suite. Ce qu'il voulait, c'était sonder discrètement les deux grandes poches de la houppelande. « Jamais je n'oserai avouer que j'ai fait ça, songea-t-il avec horreur. Même si je trouve, je ne pourrai le dire à personne. » Mais ses doigts continuaient de fouiller, comme de leur propre initiative. Indice, mon bel indice, es-tu là ?

– Vicieuse comme elle était, tu as toutes tes chances !

Dominique se redressa, la figure blême et dégoulinant de sueur. Urbain l'observait d'un œil narquois.

– Dominique, oh mon Dieu, non !

– Elle est morte, dit Dominique en faisant un effort surhumain pour affronter le regard de sa femme.

Sandrine le considérait d'un air épouvanté.

– Nous aurions pu fêter Noël chez nous, tranquillement, avec Ninon, dit Dominique. Je crois qu'on ferait mieux de partir.

– Ninon, Ninon.

Pour la seconde fois, Sandrine eut le sentiment que la petite était en danger et qu'elle avait failli à sa mission de mère.

Stuart semblait monter la garde près de la gamine, assis sur le sol du grand hall. Il feuilletait compulsivement *Robinson Crusoé*.

– J'ai tourné toutes les pages, dit-il à Sandrine. J'ai eu un moment d'espoir, un vrai coup au cœur.

Il tendait un morceau de papier jauni à la jeune femme.

– Un reçu de teinturerie. Je ne crois pas que ce soit ce que nous cherchons. Un manteau en zibeline, une veste en cachemire... il n'y a pas de sens caché, n'est-ce pas ?

– Non. On s'en va, Stuart. Nous ne restons pas une minute de plus.

– Je sais, dit Stuart. Odile se charge de récupérer les bouteilles de champagne. Elle veut partir aussi. Que font Félicia et Jean-Félix ?

Sandrine secoua doucement Ninon.

– Ninon, réveille-toi, on rentre à la maison.

La voix de Jean-Félix la fit sursauter.

– J'espère que vous vous rendez compte de ce que nous laissons derrière nous ! brailla-t-il. Un cadavre et un poivrot.

– C'est vrai, dit Sandrine. Il faut absolument...

– Urbain prétend qu'il va se charger de tout. Il veut tout ranger. Faire comme si la tante avait eu un malaise en dînant seule avec lui. Il est trop mignon, non ?

– Adorable, répondit Sandrine.

– Et naturellement, vous avez compris ce qu'il a derrière la tête.

– Qu'est-ce qu'il a derrière la tête ? demanda Félicia.

Elle revenait de la cuisine, portant un sac de plastique d'où tombaient des gouttes de graisse.

– J'ai ramassé la dinde, dit-elle. J'ai cru voir un truc brillant sous le bréchet tout à l'heure. Qu'est-ce que tu disais, Jean-Fé ?

– Je parlais d'Urbain. Il attend qu'on soit tous partis pour passer la maison au peigne fin.

– Je croyais qu'il devait prévenir la police ou je ne sais quoi ? s'étonna Sandrine.

– T'inquiète pas. Le premier à perquisitionner, ce sera lui.

– J'en ai marre ! cria Sandrine. Dominique ! Dominique ! Lève-toi, Ninon.

– Est-ce que tu emportes le renne ? lui demanda Stuart. Si tu ne le prends pas, je le prends. On ne va pas tout laisser à Urbain.

– Bouffe-le ! Mais bouffe-le !

Sandrine souleva sa fille et traversa le beau dallage de l'entrée en la portant sous un bras.

❄

L'air froid lui fit un bien fou. Sandrine attendit près de la voiture que Dominique daigne la rejoindre. Elle s'occupait de Ninon, lui caressait les cheveux, indifférente aux allées et venues. Neveux, nièces, cousins, cousines, épouses, maris... comme elle s'en moquait. Il ne neigeait presque plus.

– Maman, je n'ai pas dit au revoir à tante Magali.

– Monte. Couche-toi sur la banquette. Rendors-toi, Ninon.

Dominique arriva enfin, une tartine de foie gras à la main. Sans un mot, il prit place sur son siège et mit le moteur en marche.

– Démarre ! Qu'attends-tu ?

– Je pensais juste... on aurait pu faire quelque chose, dire une prière, allumer des bougies.

Une portière claqua à droite, une bordée de jurons déferla à gauche. Dominique ne démarrait toujours pas, comme s'il voulait être le dernier à partir.

– Qu'est-ce que tu regardes ?

Sandrine se pencha vers son mari, pour voir ce qu'il observait dans le rétroviseur. Urbain était sorti à son tour de la maison, une pelle à la main.

– Oh ! Seigneur ! Tu crois qu'il va...

– Quoi ?

Sandrine jeta un bref coup d'œil par-dessus son épaule. Ninon les écoutait.

De façon à peine audible, elle glissa à l'oreille de Dominique :

– Enterrer Magali ?

Dominique démarra.

– On repassera demain, décida-t-il. T'inquiète pas. Le sol est gelé. Non, je crois qu'il veut... hum... chercher. Tempête de neige.

– Chercher dans la neige ? Mais il va y laisser sa peau !

– On repassera demain, répéta Dominique. D'ailleurs, ils vont tous revenir. Avec des pendules, des lampes de poche et des tournevis.

Il tourna à gauche.

– Dominique ?

– Hon ?

– Tu n'as pas vraiment voulu faire ça, n'est-ce pas ?

– Quoi ?

De nouveau, Sandrine baissa la voix.

– Fouiller Magali.

– Il fallait bien que je...

– Tu comprends très bien ce que je veux dire. C'est ignoble, Dom. Quand je pense que je n'ai même pas eu le cœur de fouiller mon renne.

Le moteur de la voiture émit un cliquetis alarmant.

– Eh bien, ce n'est pas encore cette année que nous pourrons la changer, grogna Dominique. Ni l'année prochaine.

– Je n'ai embrassé personne, soupira Sandrine. Même pas Stuart. C'est un chic type, Stuart. Je m'entends mieux avec lui qu'avec ma sœur, finalement. Oui...

Elle renifla, sentant les larmes lui monter aux yeux. Alors, le silence se referma sur la voiture comme si on tirait un rideau et dura jusqu'au terme du trajet.

❄

Dans la petite maison de banlieue, Sandrine s'empressa d'aller coucher Ninon, lui promettant une pleine hotte de cadeaux pour le lendemain matin. Puis elle redescendit au rez-de-chaussée et, dans la chambre conjugale, la dispute éclata.

Ninon les entendait. Il était tard mais elle avait déjà beaucoup dormi, et n'avait plus sommeil. La douleur qui l'avait tenaillée pendant tout le retour en voiture tardait à s'estomper. Durant ces longues minutes, elle était restée couchée sur la banquette et avait senti la boule lui comprimer l'estomac.

Elle se releva et alla palper les vêtements négligemment entassés sur une chaise. Elle extirpa l'objet qui gonflait la poche de sa jupe-culotte bleu marine. Sur son bureau d'enfant, dans la lumière de la lampe Snoopy, Ninon examina longuement le paysage miniature enfermé sous un globe de plastique.

Quand enfin elle le retourna, grande fut sa déception. La tempête de neige espérée ne s'abattit pas sur les chalets minuscules. Alors Ninon secoua la boule, une fois, deux fois, de plus en plus énergiquement. Elle poussa un cri de détresse. La cloche de plastique transparent était restée dans sa main mais le socle était tombé sur le bureau, avec son ravissant paysage montagnard de nacre et d'argent, ses personnages pareils à des fourmis.

Plus triste encore, le paysage lui-même s'était déboîté et avait quitté le socle lourd de la grosse boule. Vu ainsi, sans sa coque miroitante, sans sa mini-tempête de neige voltigeante, il n'avait plus l'air de rien... que d'un vilain morceau de plastique. Ninon le saisit entre deux doigts pour tenter de le remettre en place. Mais quelque chose empêchait de l'insérer correctement dans son logement. Sous le paysage, il y avait une petite clé plate et un bout de papier plié en huit.

Ninon perçut soudain l'ampleur du désastre. Elle avait volé la boule magique de tante Magali, elle avait cassé la boule magique de tante Magali. Et la neige avait disparu. Et, demain, c'était Noël. Et si le père Noël apprenait ce qu'elle avait fait, elle n'aurait pas de cadeaux. Et...

Ninon fondit en larmes. Mais son désespoir passa vite. Elle savait ce qu'il fallait faire. Masquer son forfait. Elle prit une vieille boîte à chaussures et y enferma les restes de la boule brisée, la clé et le papier. Puis elle cacha la boîte dans un lieu secret où personne, pas même le père Noël, ne pourrait la découvrir.

Jamais, jamais, jamais.

DU SANG SUR LA NEIGE

ÉVELYNE BRISOU-PELLEN

Les surprises ne sont pas toujours bonnes

Un courant d'air glacial balaya le chalet. Claire referma vite le volet sur la nuit tandis qu'Arnaud, les bras encombrés de bûches, claquait la porte d'entrée avec le pied.

– J'ai l'impression qu'il va encore neiger, annonça-t-il en pénétrant dans le salon.

Il avait essayé de mettre de la gaieté dans sa voix, sans y parvenir.

– Une vraie nuit de Noël, commenta Claire.

Personne ne répondit. Rémi et Pierre étaient à la cuisine, occupés à farcir la dinde. C'est alors que Claire comprit ce qui la tourmentait depuis qu'ils étaient arrivés dans ce chalet prêté par leur ami Doc. L'atmosphère était pesante, imprégnée de tristesse, ou d'angoisse.

Mais pourquoi, bon sang ? Ils étaient là entre copains, et pour faire la fête ! Rémi, Arnaud, Pierre et elle, les quatre inséparables. En plus, le ciel leur avait concocté un Noël de rêve : un chalet isolé, écrasé par la neige, entouré de sapins blancs. Sans doute leur dernière fête ensemble, parce qu'après toutes ces années d'études côte à côte, ils allaient se trouver séparés par la vie.

C'était peut-être ça, cette tristesse. Claire faillit rappeler qu'ils devaient être heureux, puisqu'ils avaient tout réussi, examens, contrôle médical, stage, et qu'ils étaient maintenant pilotes – patentés, certifiés, estampillés – de l'aviation civile. Seulement le bonheur ne se commandait pas. Et, contrairement à ce qu'elle croyait autrefois, il ne s'attachait pas forcément non plus à la réalisation de ses rêves.

– Au fait, demanda-t-elle à Arnaud qui déposait ses bûches près de la cheminée, tu ne nous as pas dit pourquoi tu avais voulu entrer dans l'aviation.

– Comme beaucoup, je suppose, le vieux rêve de m'élever au-dessus de ce monde pourri. Là-haut, le ciel est toujours bleu.

– Pourtant, tu as plutôt un physique de bûcheron, plaisanta Rémi en sortant de la cuisine.

– Toi, le jeune premier, coupa Pierre qui le suivait, je suis sûr que tu as choisi ce métier en croyant que toutes les belles passagères te tomberaient dans les bras. Tu ne t'imaginais pas que tu serais enfermé dans un cockpit, bien loin des admiratrices.

– Tu oublies les hôtesses de l'air, nota Rémi d'un air narquois. Mais que ta médisance t'étouffe, je suis pilote parce que le concours d'entrée à notre chère École Nationale de l'Aviation Civile est le seul auquel j'ai été reçu...

– En ce qui me concerne, dit Claire, je crois que j'ai juste fait comme mon père. Quand j'étais gamine, je m'imaginais que pilote était le seul métier possible. Rien d'autre ne me venait à l'esprit.

Pierre s'affala dans un fauteuil et déclara :

– Moi, je disais à mes copains pour crâner : « Je serai pilote de chasse. » (Il se frappa la poitrine à la manière de Tarzan.) Je trouvais que ça faisait mâle. Après, je me suis rendu compte que *chasse* impliquait *armée*, et que ce n'était pas mon truc. Et comme je ne pouvais pas complètement me dédire…

Tout le monde rit. Rémi retourna à la cuisine surveiller la dinde, Arnaud alla raccrocher son blouson dans l'entrée. C'est alors qu'il y eut, dehors, un bruit de moteur. Puis, quelques instants après, des coups frappés à la porte. Bizarre, ils n'attendaient personne.

– Le père Noël ? supputa Claire.

Pierre ricana :

– Ça m'étonnerait. Le père Noël circule en traîneau tiré par des rennes, pas en voiture. On ne t'a rien appris ?

La porte couina, et Arnaud s'exclama :

– Tiens, une surprise ! Joyeux Noël Doc !

Sa voix s'étrangla subitement, il poussa un cri.

– Doc ! Qu'est-ce que… Doc !

Tout le monde regarda vers l'entrée. Arnaud, livide, soutenait le médecin. Du sang coulait sur le carrelage où des paquets-cadeaux s'étaient éparpillés.

Sale coup

– Aidez-moi ! appela Arnaud d'une voix affolée. Je sens quelque chose dans son dos !

Rémi, figé à la porte du salon, n'arrivait pas à faire un geste. Pierre, lui, se précipita et arracha du dos du médecin un poinçon, qui avait pénétré jusqu'au manche. Doc eut une sorte de sursaut et s'affaissa.

– Il faut l'emmener à l'hôpital ! cria Arnaud. Pierre, cours chercher une serviette pour compresser la blessure. Claire, une couverture. Rémi, téléphone à l'hôpital qu'on arrive.

Il ouvrit la porte, souleva le médecin dans ses bras puissants et l'emporta, en courant presque, vers sa voiture garée à l'entrée de l'allée.

Il l'avait à peine allongé sur le siège arrière que la serviette arrivait. Pierre l'appuya vite sur la blessure en criant avec angoisse : « Doc ! Doc ! », comme pour maintenir le médecin en vie. Il se rendait compte que la blessure ne coulait presque plus, et qu'elle se situait à l'endroit du cœur. Il examina les alentours avec affolement. Ils étaient peut-être eux-mêmes en grand danger.

Dans la neige qui s'était remise à tomber, Claire arrivait avec une couverture. Arnaud se jeta sur le siège du conducteur et tourna la clé.

Pour toute réponse, la voiture toussa.

– Saleté ! pesta Arnaud en coupant le contact.

Il tenta encore. Rien.

– Saloperie de bagnole, ragea-t-il en frappant violemment le volant. Et on n'en a qu'une !

Claire se tourna vers le chalet pour crier à Rémi de demander aussi une ambulance, mais celui-ci s'encadrait déjà dans la porte.

– Je n'arrive pas à avoir la ligne, s'exclama-t-il, il n'y a aucune tonalité !

– Ce n'est pas vrai ! s'emporta Arnaud. C'est une conspiration ou quoi ? Et dans un coin où les portables ne marchent pas !

– De toute façon, intervint Pierre d'une drôle de voix, ça ne sert plus à rien, je crois qu'il est mort.

Un silence ahuri tomba sur le groupe.

– Il faut rentrer, souffla Claire en regardant autour d'elle avec frayeur.

Arnaud extirpa Doc de la voiture, le souleva dans ses bras et l'emporta vivement vers le chalet. Sans un mot, les autres suivirent, en évitant de regarder la neige maculée de sang. Les flocons, qui tombaient de plus en plus dru, absorbaient peu à peu les taches rouges.

❄

– Je n'arrive pas à y croire, murmura Arnaud en s'essuyant le front. « Joyeux Noël », je lui ai dit. Tu parles… Je le serre dans mes bras et je sens ce truc, dans son dos. Et puis quelque chose qui coule sur ma main, chaud et gluant. C'est un cauchemar.

– Ahurissant, renchérit Pierre. J'espère qu'on va se réveiller. On l'aurait assassiné ? Qui ? Un rôdeur ? Dans un endroit aussi isolé qu'une île déserte ?

– D'un autre côté, murmura Claire d'une voix mourante, imaginer que quelqu'un veuille tuer un homme comme Doc…

– Ça, c'est encore plus invraisemblable, approuva Arnaud. Je n'arrive pas à croire qu'un type aussi épatant puisse avoir des ennemis.

– Il était quand même en instance de divorce, remarqua Rémi.

– Et alors ? hurla Pierre.

– Bon, bon, excuse-moi. J'ai dit ça comme ça. D'accord, c'est idiot.

Depuis qu'on ne pouvait plus rien faire pour Doc, Rémi était malheureux, terrifié mais, curieusement, il se sentait moins mal. Parce qu'il n'était pas un homme d'action et que, maintenant, on n'avait plus d'autre choix que d'attendre. Impossible de téléphoner à la police, impossible de descendre au village dans la nuit noire et par cette tempête de neige. Doc était mort. Mort. « Leur » Doc. Celui que tout le monde aimait. Un ami, un frère, un père...

– Je ne vois pas sa femme arriver de Brest avec son poinçon, ricana Pierre d'un ton désabusé.

– Arriver..., souffla alors Claire.

Elle se dirigea vers l'entrée, vérifia que la chaînette de sécurité était enclenchée et entrebâilla doucement la porte. Puis elle alluma la lampe extérieure.

– On a tout piétiné, soupira-t-elle. On ne peut plus voir si quelqu'un le suivait.

Il y eut un silence. Rémi, toujours d'une pâleur mortelle, demanda :

– D'ailleurs, qui savait qu'il viendrait ? Même nous, on l'ignorait.

– Il a dû réfléchir, suggéra Arnaud, et s'est dit qu'il préférait passer Noël avec nous plutôt qu'avec sa femme. Après tout, c'est son chalet, ici.

Pierre rejoignit Claire, débloqua la chaînette, passa avec prudence la tête par la porte et déclara :

– Il faut aller voir avant que la neige n'ait tout recouvert. En restant groupés, on ne craint pas grand-chose, hein ?

Personne n'osa protester. Ils étaient adultes, et responsables.

Arnaud tenant la lampe de poche, ils se distribuèrent rapidement les zones à surveiller, de manière à avoir des yeux partout. Arnaud regardait devant, Claire scrutait la nuit à gauche, Pierre à droite, Rémi derrière. Lentement, ils remontèrent les traces de pas. Le vent mordant, qui soufflait de plus en plus fort, les glaçait.

– Vous avez vu, chuchota Rémi, jusqu'à la voiture il y a beaucoup de traces, dont les nôtres, évidemment ; mais ensuite, dans l'allée, il n'y a plus que celles de Doc. Une seule personne, en chaussures de ville.

– Il n'est pas venu avec sa voiture, constata Pierre. Peut-être en taxi. Regardez, là, les marques de pneus.

– Avec un taxi ou avec quelqu'un d'autre, rectifia Arnaud. Quelqu'un qui l'aurait tué avant de repartir.

– Ne piétinez surtout pas les traces de pneus ! lança Rémi.

Claire s'exclama :

– Et nos empreintes ? On est idiots, on n'aurait pas dû venir jusqu'ici. Pour la police, il faudra bien se rappeler que, depuis les marques de pneus jusqu'à la voiture d'Arnaud, il n'y avait que les traces de Doc. Ça signifie que personne ne l'a suivi. Il a été blessé quelque part par là et… (Elle prit la lampe des mains d'Arnaud et la promena sur les traces.) Il n'y a pas une goutte de sang, de ce côté !

– Et ses pas sont bien réguliers, nota Rémi, il ne titubait pas. Il n'a pas été attaqué ici, et donc pas par son chauffeur.

Instinctivement, ils regardèrent tous vers leur voiture. Les taches de sang commençaient là-bas.

– Quelqu'un l'a attendu planqué derrière la bagnole, chuchota Pierre.

– Et a ensuite filé à pied.

Ils revinrent sur leurs pas pour promener le faisceau de la lampe autour de la voiture. Aucune trace dans la neige, en dehors de celles qui allaient vers la maison. Personne n'était reparti dans une autre direction.

Un peu crispés, ils levèrent les yeux vers le gros chalet tapi dans la nuit.

Une maison angoissante

Le feu était en train de s'éteindre dans la cheminée et personne ne le remarquait. Ils avaient bouclé toutes les portes qui donnaient sur le salon, même celle de la cuisine où la dinde refroidissait entre le foie gras et les bouteilles de champagne qu'on n'avait pas débouchées. Dans les silences angoissants qui s'abattaient sur eux, ils entendaient le vent hurler derrière les volets. Le chalet craquait de tous ses bois, et un air glacé s'insinuait partout.

– J'ai froid, souffla Claire en se levant pour ajouter des bûches dans le feu.

Après ça, il n'en resterait plus, et personne ne se proposerait pour aller en chercher dehors.

– Avec cette tempête, observa Arnaud, s'il y a quelqu'un d'autre que nous ici, il pourrait danser la gavotte en sabots au-dessus de nos têtes, qu'on ne l'entendrait pas.

– Un squatter ? demanda Pierre d'une voix mal assurée.

Personne ne pouvait répondre, mais un squatter qui aurait attaqué précisément le propriétaire de la maison n'était sans doute pas n'importe qui.

– Il faudrait tout visiter, chuchota Rémi. On devrait y aller ensemble, allumer partout et examiner chaque pièce.

– D'après Doc, commenta Arnaud, il y a huit chambres, sans compter les salles de bains, les placards, les recoins, les escaliers, parce que l'espace a été aménagé et réaménagé au fil des générations. Il y a aussi deux greniers, la remise, l'ancienne étable, la cave et je ne sais quoi.

– Moi, annonça Claire d'un air tendu, je n'entre plus dans la chambre où on a déposé Doc. Vous m'excuserez, mais je ne peux pas.

– Chut ! souffla Arnaud. Écoutez…

Ils demeurèrent muets, l'oreille aux aguets.

– Ce n'est que le vent, lâcha Pierre. Si on veut être efficaces, il faut s'arrêter de trembler.

Il se leva d'un coup et se mit à chanter d'une voix tonitruante :

– *Eh garçon, prends la barre,*

Vire au vent et largue les ris...

Suffoqués, les trois autres reconnurent la chanson que Doc leur servait à chaque fois qu'il était un peu gai. Une chanson traditionnelle qui lui rappelait son enfance, à ce qu'il disait, et qu'ils ne connaissaient pas auparavant, eux qui avaient trente ans de moins que lui.

Ils finirent par se redresser pour poursuivre à pleins poumons :

– *Le vent te raconte l'histoire,*

Des marins couverts de gloire,

Ils t'appellent et tu les suis.

Pierre avait raison, les poumons libérés, ils se sentaient beaucoup mieux. Ils décidèrent de commencer par la cave et en entrouvrirent prudemment la porte.

L'ampoule était faible et la lumière tremblotante. L'escalier s'enfonçait dans le noir et les relents d'humidité. Arnaud alluma la torche. L'un derrière l'autre, ils descendirent marche à marche, dans un silence pesant. Même l'odeur confinée qui régnait ici leur paraissait menaçante.

Leur lampe éclaira une structure de bois qui pouvait être un ancien métier à tisser. On avait entassé par-dessus des montagnes de cageots.

Derrière, on apercevait les brancards d'une vieille charrette, une armoire dont la porte pendait, des instruments aratoires, une brouette et un tas de bricoles hétéroclites. Un bric-à-brac épouvantable. Personne n'en fit la remarque mais, si quelqu'un voulait se dissimuler ici, c'était facile. Il leur serait impossible de le détecter.

– Il s'agit d'une ancienne ferme, expliqua Arnaud d'une voix une octave plus grave qu'à l'ordinaire. Elle appartenait aux arrière-grands-parents de Doc.

Ils remontèrent avec l'impression persistante d'un danger qui planait et la quasi-certitude qu'ils le laissaient derrière eux. Parce que la cave était l'endroit le plus facile à atteindre en venant de l'extérieur : sa porte jouxtait celle de l'entrée. Si l'agresseur, comme l'indiquaient les traces, avait trouvé refuge dans la maison, c'était probablement là.

Il y avait une autre possibilité, mais ils n'y pensèrent pas sur le moment. Ils bouclèrent la porte à double tour et laissèrent la clé dans la serrure pour empêcher qu'on puisse en glisser une autre, côté cave.

Persuadés d'avoir confiné le danger en bas, c'est avec moins d'appréhension qu'ils fouillèrent chambres, salles de bains, couloirs. À chaque porte qu'ils ouvraient – pièce, armoire ou placard – une petite crainte leur crispait pourtant les épaules. Tout était horriblement encombré. Le pire, c'était le grenier. Saturé de vieilleries, des siècles entassés par couches archéologiques, un nombre invraisemblable de recoins où des gosses auraient jubilé de jouer à cache-cache.

Quelqu'un d'autre jouait à cache-cache avec eux, et pas aussi innocemment.

En apercevant une ouverture, sur leur droite, ils furent de nouveau saisis d'une véritable angoisse. Ils venaient de se rappeler l'escalier extérieur, appuyé au mur de la maison, et par lequel on pouvait monter ici directement. Arnaud referma vivement la porte. Ils n'entreraient pas là. Il chercha vite, dans le trousseau, la clé qui les mettrait à l'abri.

– Aucune ne va dans cette serrure ! s'exclama-t-il.

Ils regardèrent autour d'eux avec anxiété.

– Ça ! lâcha enfin Pierre en montrant la commode qui encombrait le passage. Poussons-la devant.

Il avait raison. La porte du grenier s'ouvrant côté couloir, on pouvait la bloquer. Une chance. Ils s'arc-boutèrent ensemble et firent glisser le meuble.

Maintenant, personne n'ouvrirait cette porte. Si le tueur était là-dedans, il lui faudrait une force herculéenne pour en sortir. Il était coincé. Du moins ils l'espéraient.

L'odeur de la mort

Claire s'enroula dans une couverture. Elle avait beau revoir dans sa tête chaque porte, se représenter chaque serrure qu'ils avaient soigneusement bloquée, elle ne parvenait pas à se rassurer. Arnaud avait parlé d'une remise, d'un deuxième grenier… Par où y accédait-on ?

La tempête, qui continuait à faire rage dehors, les empêchait de repérer les bruits suspects. Demain, il y aurait des congères sur la route, c'était certain, mais tant pis, elle ne passerait pas une seconde de plus dans ce chalet. Aux premières lueurs du jour, ils fileraient, abandonnant à son sort le criminel, enfermé. Où ? À la police de le découvrir. Eux, ils avaient donné.

Elle essayait de ne pas penser à Doc, à son cadavre allongé dans la chambre d'à côté, elle préférait se le représenter riant avec eux. Elle se rendait compte aujourd'hui qu'elle ne savait pas grand-chose de lui. Il était le médecin de la base aéronautique depuis très longtemps, l'ami, le confident. Il soignait les bobos du corps comme ceux de l'âme.

Mais lui, il avait peut-être aussi des blessures à soigner. Un secret concernant ce chalet ?

Elle sentit son sang se glacer. Un fou… Y avait-il un fou dans ces murs ?

Elle dressa l'oreille. Aucun des garçons n'avait réagi… Non. Ce n'était sans doute rien. Il fallait se calmer, que craignaient-ils ? Ils n'avaient laissé ouverte que la porte du couloir qui desservait les toilettes et la salle de bains. Et ces deux pièces ne possédaient aucune autre issue.

Claire se leva. Les paquets apportés par Doc étaient toujours éparpillés dans l'entrée. Personne n'avait eu le courage d'y toucher. Elle les ramassa un à un, en lisant les noms inscrits. Il y en avait pour chacun d'eux. Doc n'avait pas annoncé sa visite, cependant il l'avait bien préparée. Pour leur faire la surprise.

Belle surprise !

Lire son prénom lui fut un déchirement. Elle, qui avait réussi à ne pas pleurer jusqu'à présent, éclata brusquement en sanglots. Les autres ne réagirent pas. Peut-être, dans leur coin, pleuraient-ils aussi.

Enfin, elle s'essuya les yeux et rapporta les cadeaux dans le salon. Doc avait réussi à ne pas lâcher ses paquets avant l'entrée. Elle se le représentait, titubant dans la neige, se raccrochant à eux comme à une bouée de sauvetage. Cela avait un côté à la fois dérisoire et profondément humain. Le dérisoire était souvent le plus émouvant.

De nouveau, elle avait du mal à respirer. Ce chalet l'oppressait depuis le début, finalement. Il y avait ici un esprit mauvais qui planait sur eux.

❄

Le feu était en train de s'éteindre, mais la lampe d'angle veillait. Rémi se redressa. Les autres dormaient, qui en boule sur la banquette, qui allongé sur le tapis. La tempête hurlait au-dehors, sur un ton plus aigu que dans la soirée. Il se leva sur la pointe des pieds, ouvrit silencieusement la porte de l'escalier et la referma derrière lui. Puis il monta les marches d'un pas prudent jusqu'au deuxième étage, celui du grenier. La commode n'avait pas bougé et barrait toujours la porte.

Il sortit son portable et appuya sur une touche.

❄

Arnaud ouvrit les yeux. Quelque chose l'avait mis en alerte. Des lignes lumineuses, qui clignotaient sur le mur. Il lui fallut un instant pour comprendre qu'il s'agissait d'une lumière venant de l'extérieur et qui se glissait par les rainures des volets. Un gyrophare ! La police ? Il ne faisait pas encore jour. Arnaud se redressa vivement et se rechaussa, mais ses mains tremblaient si fort qu'il n'arriva pas à nouer ses lacets. Il renonça et fila en traînant les pieds vers la porte de la cave. Rémi dormait encore, Pierre enfilait ses après-skis dans le hall, sans doute pour descendre au village aux premières lueurs de l'aube, des bruits d'eau signalaient Claire dans la salle de bains.

Arnaud ouvrit doucement la porte et se glissa derrière sans la tirer complètement. Et là, il attendit, l'oreille aux aguets. Sa tension était si grande que ses dents claquaient. La sonnette de l'entrée retentit.

– Arnaud Destour, demanda une voix, il est là ?

Arnaud referma la porte de la cave et dévala l'escalier. Il n'avait pas eu le temps de prendre son blouson.

– Je suis le garagiste, annonça l'homme, pour la voiture d'Arnaud Destour. Je suis venu avec le chasse-neige. C'est bien vous qui avez laissé un message sur mon répondeur ?

– Un message ? fit Pierre en examinant l'étranger d'un œil méfiant. J'en doute, le téléphone ne marche plus.

– M'étonne pas, répliqua le garagiste en montrant, sur la façade, le fil sectionné à hauteur d'homme. Pourtant on m'a donné ce nom et cette adresse.

– C'est moi, intervint Rémi en apparaissant. J'ai vu votre calendrier publicitaire, sur le mur, avec le numéro du garage et, d'un coup, je me suis dit que mon portable fonctionnerait peut-être si je prenais de la hauteur. Je suis monté sur le palier du grenier et j'ai essayé. Ça a marché. Après, j'ai voulu appeler la police, mais plus rien n'est passé.

– La police ?

– Si vous avez un portable, appelez-la tout de suite, supplia Pierre. Il y a eu un meurtre.

Rémi jeta un coup d'œil dehors. Le vent s'était calmé, le sang avait disparu sous une épaisse couche de neige.

– Arnaud ! appela-t-il, tu as les clés de ta voiture ?

Personne ne répondit.

Un coup de massue

La tempête reprit vers le soir et ne cessa plus. Claire aurait voulu fuir, s'en aller loin, à l'autre bout du monde. Seulement l'enquête de police exigeait qu'ils restent. Arnaud avait disparu sans qu'ils arrivent à comprendre comment. Les flics, qui avaient fouillé la maison de fond en comble, n'avaient rien trouvé, ni lui, ni personne d'autre. Était-il vivant ou mort ? Avait-il joué les héros et débusqué le meurtrier, avec pour seul résultat qu'il avait été pris en otage ? Car il ne serait pas parti de sa propre volonté, dans le froid glacial, sans même prendre son blouson.

C'était épouvantable, effrayant. Elle aurait voulu n'être jamais venue ici, que Noël n'existe plus...

Elle fut interrompue dans ses angoisses par le téléphone. C'était Pierre.

– J'appelle du commissariat, dit-il. On a les résultats d'autopsie, et c'est un peu bizarre. D'après l'angle d'attaque du poinçon, l'assassin se tenait de côté, ou même devant Doc. Sauf que, pour frapper dans le dos quand on est de face, il faut être un peu tordu. D'après les flics, ça pourrait ressembler à une blessure infligée par quelqu'un qui se débat. Tu sais, comme dans les films. Une femme renversée sur une table par un mec qui la maintient. Elle attrape à tâtons n'importe quoi, des ciseaux, un coupe-papier, qu'elle lui plante dans le dos. J'ai toujours trouvé assez invraisemblable qu'on puisse tuer quelqu'un de cette façon. Il faut une sacrée force, et tomber pile sur le cœur. Malgré tout, ça semble être le cas. La scène aurait pu se passer sur le capot de la voiture, seulement, à cause de la neige, on n'a plus de traces.

– Mais, souffla Claire suffoquée, dans ce cas c'est l'agresseur qui est tué. Doc aurait été l'agresseur ?

– La police est sceptique. Ça supposerait que l'autre avait un poinçon sur lui. Et dans sa poche ! Parce qu'il n'aurait pas eu le temps de le sortir d'un sac. Un hasard un peu étrange. Sauf s'il s'attendait à être attaqué, évidemment.

– Et les empreintes, sur le poinçon ?

– Uniquement celles d'Arnaud et de Pierre. Celui qui a frappé portait des gants. Qui ? Mystère absolu.

Claire entendit le bip-bip signalant que la communication avait été coupée. Elle étouffa un juron et reposa l'appareil.

Doc l'agresseur ? Ridicule. Elle ne le voyait pas, des paquets plein les bras...

Des paquets...

Mais si c'était Doc qui avait été agressé au poinçon, s'était défendu, était parvenu à coincer l'autre contre la voiture et avait pris le coup dans le dos, il aurait AUSSI laissé tomber ses paquets là-bas ! Comment imaginer qu'il les ait ensuite ramassés avant de se diriger, grièvement blessé, vers le chalet ?

Les yeux de Claire revinrent vers l'angle de la cheminée, d'où les cadeaux n'avaient pas bougé. Elle s'approcha, s'assit devant et les contempla un instant avant de saisir le sien pour l'ouvrir.

Il s'agissait d'un petit vase de Chine, accompagné d'un mot : *Symbole de la fragilité des vies que tu tiendras entre tes mains*.

Elle eut un pâle sourire. Le paquet marqué *Arnaud* contenait à n'en pas douter un disque. Elle entrouvrit la pochette. Titre : *Les Chants de la Victoire*. Assez ahurissant. Ça ne pouvait être qu'un clin d'œil. Elle ne résista pas à l'envie de lire le billet qui l'accompagnait, et son visage se figea.

Victoire ! J'ai montré la photo que j'avais faite de ton fond d'œil au meilleur spécialiste, et il est formel : il ne s'agit pas, comme nous le croyions, des signes d'une maladie dégénérative. Tu peux t'asseoir aux commandes et prendre ton envol ! Tu as bien fait de me demander de n'en parler à personne pour ne pas gâcher ce Noël, et de n'avertir la commission qu'après les fêtes. Un miracle, non ? Cette maladie ayant souvent frappé dans ta famille, tu étais persuadé que mon diagnostic était le bon ; tellement persuadé que tu ne voulais même pas que je demande son avis à un spécialiste ! Tu vois, j'ai bien fait de ne pas t'écouter. Le pire n'est jamais sûr. C'est ton plus beau cadeau de Noël, hein ?

Claire resta un moment sonnée, la lettre à la main. Arnaud se croyait atteint de cette maladie héréditaire qui l'empêcherait à tout jamais de réaliser son rêve de voler, et il ne leur en avait pas dit le moindre mot. Seul Doc était au courant... Et, maintenant, il était mort...

Il était mort.

Les cadeaux, il ne s'y était pas cramponné jusqu'à la porte, il les avait lâchés... à l'instant où il avait été agressé. Ici, sur le pas de la porte, et de face. Par celui qui lui avait ouvert et l'avait serré dans ses bras en criant « Joyeux Noël ! ». Ses grands bras de bûcheron...

Claire cacha son visage dans ses mains. Ensuite... Ensuite Arnaud avait emporté le blessé en sang vers la voiture, en les occupant à téléphoner, à chercher serviette et couverture. Il voulait que personne ne remarque l'absence de sang sur la neige !

– Qu'est-ce qui se passe ? demanda Rémi en entrant, des bûches sur les bras.

Oui... ce soir-là, Arnaud était allé chercher les bûches. Il avait eu tout le temps de saboter la voiture et le téléphone. D'ailleurs, c'était lui qui avait insisté pour qu'ils ne prennent qu'une seule voiture. Et il était parfaitement au courant que Doc viendrait... Ce malaise qu'elle avait perçu dans cette maison dès le début venait de là, de la tension d'Arnaud. De son angoisse, aussi, de son désespoir, sans doute, parce qu'il fallait se sentir au fond du gouffre pour décider une horreur pareille. Il attendait le bruit de moteur, il attendait l'arrivée de Doc, et il s'était arrangé pour se trouver toujours au plus près de la porte, pour l'ouvrir lui-même.

Il avait supprimé le seul obstacle qui se dressait entre lui et son rêve.

Car Doc aurait averti la commission après les fêtes de Noël, il y était obligé : le métier de pilote impliquait une vision sans défaut. Si Arnaud avait refusé de consulter un spécialiste, c'était que, sûr du résultat, il voulait que personne d'autre ne soit au courant.

– Je crois qu'Arnaud n'a pas disparu, prononça-t-elle avec difficulté, il s'est enfui.

– Qu'est-ce que tu racontes ? Pourquoi se serait-il enfui ?

– Je ne sais... Remords...

– Le remords de quoi ? Tu n'imagines pas que...

– Quand je suis partie à la salle de bains, il dormait. Quand on a sonné à la porte, je suis revenue, et il n'était plus là. Peut-être que le coup de sonnette l'a affolé. Il ignorait que Rémi avait téléphoné au garagiste, et celui-ci a prononcé son nom... Sa mauvaise conscience a dû le porter à croire qu'il était découvert.

Découvert ? Il ne l'était même pas et ne l'aurait sans doute jamais été. Claire eut une pauvre grimace. Si Arnaud n'avait pas fui, elle n'aurait pas ouvert son cadeau, pas lu le billet qui l'accompagnait, et personne n'aurait rien su. Ils avaient déjà témoigné que les traces de sang partaient de la voiture, et qu'ils étaient tous les quatre dans le chalet quand le drame s'était produit.

– Tiens, dit-elle en tendant la lettre à Rémi.

❄

On ne retrouva le corps d'Arnaud qu'à la fonte des neiges, très haut sur la montagne. Hypothermie ayant provoqué la mort. Sur lui, il portait un certificat signé par Doc, assurant que rien ne s'opposait à ce qu'il pilote un avion.

Un faux, bien imité... dont il n'aurait même pas eu besoin, puisqu'il était indemne de maladie !

Seulement ça, il l'ignorait. Il avait tué Doc pour rien. Il était mort pour rien. Quel épouvantable gâchis !

Claire s'assit aux commandes. Elle ne pouvait plus le faire sans penser à Arnaud. Elle allait amener son avion au bout de la piste et elle allait s'envoler dans le ciel. Arnaud avait raison : là-haut, tout était toujours bleu.

L'HABIT ROUGE

SARAH K.

IL FAISAIT CHAUD. Si chaud…

La sueur plaquait mes cheveux sur mon front, mes vêtements sur ma peau. Je la sentais dégouliner le long de mes joues comme des larmes, ruisseler le long de mes aisselles, comme autant de doigts qui me tripotaient. J'avais une migraine digne d'un lendemain de cuite et le brouhaha environnant augmentait mon malaise. Debout sous les spots, j'avais l'impression d'être en plein soleil, un soleil caniculaire qui aurait lancé ses feux sur quelque île déserte, perdue sous les tropiques.

Mais en fait d'île déserte, je me trouvais aux Galeries Lafayette, au rayon parfums, échouée dans cette cohue qui caractérise la veille de Noël. J'avais écumé le magasin, étage par étage, à la recherche de cadeaux. Je ne savais pas quoi acheter, j'avais envie de ne rien acheter, pour la bonne et simple raison que, le soir, j'étais invitée à un réveillon entre adultes. Uniquement entre adultes. Et il n'y a rien de plus triste à mon goût que de clore un repas mortellement indigeste par la traditionnelle bûche de Noël, sans entendre les cris de joie d'une multitude d'enfants qui ouvrent leurs cadeaux dans un froufrou de papiers et de rubans.

S'il s'était agi de choisir des robots, des poupées parlantes, des miroirs magiques, que sais-je, je n'aurais pas été en panne d'inspiration, mais... acheter un porte-monnaie pour Mme Duchnoque, un parfum pour Mlle de la Noix ou le dernier best-seller pour M. Machin-Chose – la famille de l'homme que j'avais rencontré quelques jours auparavant – ça ne me branchait décidément pas.

J'en avais assez. Les relents des multiples parfums dont m'aspergeait la vendeuse me soulevaient le cœur. Et, comme je vous l'ai déjà dit, je crevais de chaud. D'ordinaire, il fait froid à Noël ! D'ordinaire, on peut espérer que la météo vous annonce une redoutable tempête de neige ! Eh bien non, en cette fin d'après-midi du 24 décembre, le mercure, pris de folie, grimpait jusqu'à dix-huit degrés. Sans m'en soucier, je m'étais vêtue d'un pull à col roulé en cachemire et d'un manteau de fourrure que je n'avais guère eu encore l'occasion de porter, mais que j'aimais tout particulièrement.

J'étais à deux doigts de m'évanouir, lorsque je le vis.

Longue barbe blanche, chevelure argentée, habit rouge – le nom du parfum que la vendeuse me vantait à l'instant même ! – il était là, à quelques mètres.

Le père Noël.

Éclairé par un spot trop violent, il souffrait lui aussi de la chaleur, sans que son beau sourire en fût altéré. Les perles de sueur sur son front et ses joues se substituaient à des paillettes qui donnaient à sa peau une douce brillance. Il tenait dans ses bras une petite fille qui, intimidée et enjouée à la fois, le dévorait des yeux, négligeant de regarder l'objectif de l'appareil photo qui allait imprimer sur le papier cet instant magique. J'aurais donné n'importe quoi pour être à la place de cette enfant.

Mon malaise se dissipa aussitôt. Une brise délicieuse vint me caresser le visage. Pendant quelques secondes, je fis abstraction de tout ce qui m'environnait : la cohue, le bruit, les annonces qu'une voix mécanique et agressive braillait dans un micro. Il n'y avait plus personne, à l'exception du père Noël.

Propulsée dans le passé par le biais d'un étrange voyage dans le temps, je replongeai dans l'enfance. *J'étais* la petite fille que le père Noël tenait dans ses bras. Nous étions quelque part sous le crépuscule, dans un paysage neigeux, un renne allait bientôt apparaître, attelé à un traîneau tout rutilant de guirlandes et de boules dorées et nous nous envolerions dans un ciel parsemé d'étoiles.

Le flash de l'appareil photo se déclencha. Brutal, aveuglant. En une seconde – le temps de l'éclair – j'effectuai le retour de mon voyage au cœur du passé et me trouvai de nouveau perdue dans la foule et la chaleur. Cependant j'avais compris ce qui m'était arrivé. Certes, ce père Noël n'était qu'un père Noël factice, un de plus parmi ceux qui sillonnent la capitale en période de fêtes, mais si j'avais réagi aussi vivement en le voyant, c'est *parce que je le connaissais*. Le flash, éclairant de plein fouet le haut de son visage, et notamment ses yeux, me l'avait révélé. Dans le regard de cet homme déguisé en père Noël, perçait quelque chose d'insolite. Quelque chose qui m'avait quasiment hypnotisée, quelque chose d'autre encore que je n'arrivais pas à définir. Pour l'instant du moins.

Mais je savais, sans l'ombre d'un doute, que cet individu appartenait à mon passé.

Surgissant de façon totalement inattendue, cette apparition m'avait bouleversée, chamboulée, tourneboulée. Certes, j'ai toujours été très sensible à Noël et à ses traditions. Le jour où j'ai appris que le père Noël n'existait pas a pratiquement été pour moi un jour de deuil. Je me souviens encore de l'immense tristesse qui m'avait submergée, alors que je n'avais que sept ans et demi à l'époque et que j'approche à présent de la trentaine. – Ne vous moquez pas !

Certains souvenirs d'enfance sont parfois des plaies mal cicatrisées qui ne demandent qu'à se rouvrir.

Ma décision était prise.

Je plantai là mes recherches de cadeaux pour suivre l'idée qui jaillit dans mon esprit en même temps que l'éclair du flash. Une idée folle, mais à laquelle je n'aurais renoncé pour rien au monde. Je devais savoir *qui* était cet homme. *Où et quand* je l'avais rencontré. Pourquoi, sous son habit de père Noël, je l'avais trouvé si beau et pourquoi, en découvrant son regard, je réalisais aussi que quelque chose en lui *me faisait peur*.

❄

Il me fallut attendre jusqu'à dix-neuf heures trente, heure de la fermeture du magasin. Pendant tout ce temps, mon père Noël, avec une patience d'ange, s'était prêté au défilé incessant des innombrables marmots qui désiraient être photographiés avec lui. Pas un instant, il n'eut une marque d'impatience ou d'énervement. Il manifestait toujours autant de tendresse vis-à-vis des enfants et avait souvent une parole gentille à l'égard des mères. Peut-être se montrait-il un peu moins souriant envers les pères, mais ce n'était vraiment qu'une broutille et seule ma surveillance obstinée avait pu détecter cette légère faiblesse.

Lorsqu'il n'y eut plus ni enfants ni clients dans le magasin – à part moi – je le vis rejoindre le défilé des vendeuses qui se dirigeaient vers les vestiaires. Comme j'approchais du groupe, un vigile m'arrêta.

– Madame s'il vous plaît, la sortie est de l'autre côté.

– Oui, oui je sais, mais j'ai un ami, là...

D'un geste de la main, je désignai mon père Noël qui s'éloignait rapidement. Je n'avais déjà plus que sa capuche – qu'il n'avait pas quittée – comme point de repère.

– Il y a tellement de monde dehors que nous risquons de nous perdre, ajoutai-je.

Le vigile secoua la tête.

– S'il vous plaît, monsieur, suppliai-je en accompagnant mes paroles d'un savant battement de cils, c'est Noël, ce soir !

– Bon, bon, allez-y ! concéda-t-il avec un sourire.

Je balbutiai un vague remerciement et me glissai dans le groupe des employés.

Les vestiaires étaient bourrés. Du côté femmes, l'excitation était à son comble : les vendeuses quittaient leur uniforme pour enfiler directement leur tenue de soirée. Côté hommes, où je ne pouvais bien entendu pas me faufiler sans être repérée, l'ambiance était identique, à en juger par le bruit. On sortait les smokings, du moins les costumes habillés. Par un subtil jeu d'allées et venues, j'arrivais de temps en temps à jeter un coup d'œil dans leur vestiaire. Les pères Noël – eh oui ! il y en avait une pleine poignée, plusieurs par étage probablement qui s'étaient regroupés là – s'habillaient à l'écart des autres. De fait, ils n'avaient qu'à retirer leur habit rouge, enfilé en début de journée sur leurs propres vêtements.

Mais je repérai le mien sans difficulté. D'abord par sa taille : il était bien plus grand que les autres. Ensuite par sa tenue. La plupart de ses « confrères » étaient vêtus de guenilles ou presque, ce qui était par ailleurs assez logique : on sait bien que se déguiser en père Noël, de nos jours, est souvent réservé à ceux qui manquent cruellement d'argent. C'est un petit boulot, au même titre que distribuer des prospectus dans la rue. Et il n'est pas rare de voir les pères Noël du mois de décembre fréquenter, en janvier et février, les « restos du cœur ».

Mais le mien était correctement habillé. Que dis-je ? Il était d'une élégance telle qu'elle jurait dans le décor. Pull en cachemire – comme moi ! – pantalon de velours à la coupe impeccable, pardessus sombre et chaussures de prix. Une garde-robe bien onéreuse pour un homme qui allait percevoir – à l'issue de cette journée en tout cas – une rémunération fort modeste. Ma curiosité était piquée au vif, aiguisée à outrance. J'en avais des frissons, des picotements dans tout le corps.

Une fois dehors, la cohue ! Toujours la cohue ! Les badauds retardataires qui admiraient les vitrines se bousculaient pour s'engouffrer dans les bouches de métro, les touristes prenaient leurs dernières photos, et les coups de klaxon donnaient un avant-goût du tintamarre qui, à minuit précis, une semaine plus tard, retentirait dans la capitale.

Je repérai mon homme à une station de taxis. Et pour le coup, je bénis la foule : il était à peu près le vingtième dans la file des clients potentiels, ce qui me donnait le temps d'aller chercher ma voiture, garée à deux rues de là.

Je traversai ces deux rues au pas de course, surveillant mon père Noël de l'œil gauche et de l'œil droit... le type chez qui j'étais censée me rendre le soir même. Car je me souvins à cet instant précis que nous nous étions donné rendez-vous à la sortie des Galeries Lafayette. Il devait venir me chercher pour me conduire à son sinistre réveillon en famille.

Eh bien, il pouvait toujours attendre ! J'avais au moins trouvé un de mes cadeaux de Noël : pour lui, ce serait un lapin !

Je n'avais aucune envie de le revoir. Qu'est-ce qui m'avait pris de me laisser draguer par ce gnome ? Il s'était avéré si collant que je n'avais pu m'en dépêtrer et, par faiblesse, je ne l'avais pas rembarré... Je l'aperçus qui arpentait le trottoir d'en face. Tchao ! Tchao ! Je lui fis en douce un signe de la main. Affublé d'un costume gris qui, même de l'endroit où je me tenais, me semblait puer la naphtaline, de chaussures en plastique et de petites lunettes rondes en écaille, il avait piètre allure ! Alors que mon père Noël, lui, était si élégant, si attirant ! Sans compter ce quelque chose qui, s'il me faisait peur, me remplissait d'une excitation croissante.

Mon binoclard ne m'ayant pas repérée, je m'engouffrai dans ma voiture et me postai rapidement derrière le taxi que mon homme venait de héler.

C'était parti !

❄

Les embouteillages me mirent à la torture. Paris était saturé. Mais il régnait cette ambiance typique des jours de fête, si bien que, malgré la circulation, malgré les feux rouges qui s'éternisaient, personne ne s'énervait.

Personne, à part moi.

Je serrai le taxi de près. Dans les diverses rues de Paris, puis sur le périphérique – bouché, archi-bouché – et ce, jusqu'à la porte des Lilas où mon homme descendit enfin pour prendre ce qui était sans doute son propre véhicule. Ni plus ni moins qu'une Mercedes. Étrange, pour un individu qui avait passé la journée entière déguisé en père Noël, à poser avec des enfants dans un grand magasin, non ?

Qui était-ce ? Bon Dieu, *qui était-il* ? Cette question n'a cessé de me tarauder tout le long du trajet. À plusieurs reprises, je crus avoir la réponse en croisant brièvement, et malgré la distance qui nous séparait, le regard de mon homme.

Ah ! Ce regard !

Il avait effectivement plusieurs fois tourné la tête, lorsque le taxi avait été immobilisé trop longtemps à un feu rouge, lorsqu'il avait doublé une voiture et que je l'avais imité aussitôt après. Se doutait-il que je le suivais ? Peut-être. Ça m'était égal.

Et puis j'eus enfin la révélation.

Lorsqu'il sortit du taxi et que, penché vers le chauffeur, il régla la course, je me figeai subitement. Je fus littéralement tétanisée pendant un long moment. Seul mon bras fut en mesure de bouger, quand, émergeant de mon apathie, je me frappai le front.

Mais oui, bien sûr !!!

La dernière confirmation de ma prémonition, je l'eus lorsqu'il s'approcha de ma voiture. Marchant d'une démarche lente et ondulée, semblable à celle d'un félin, il sortit de sa poche un porte-clés, avec lequel il se mit à jouer en l'envoyant en l'air comme on le fait quand on joue à pile ou face avec une pièce de monnaie. Ce porte-clés – je le discernai au moment où il contourna ma voiture par l'avant pour se poster près de ma portière – représentait Tintin. Le petit personnage était ébréché, scotché, rafistolé en de multiples endroits.

Alors, exactement comme dans le magasin plusieurs heures auparavant, un flash éclaira ma mémoire. Et de nouveau, je fus transportée dans le passé.

La cloche sonne. La récréation est terminée. Plus qu'une heure et demie de classe et fini ! C'est les vacances de Noël ! Et la veille de Noël, c'est demain ! Demain dans la nuit, j'aurai mes cadeaux ! J'ai commandé au moins une dizaine de jouets. J'espère que cette année, je vais enfin arriver à surprendre le père Noël. Oui, il faut absolument que je résiste au sommeil et qu'à minuit, je me glisse en douce hors de mon lit pour me poster devant la cheminée. Oh ! Si seulement je pouvais échanger quelques mots avec lui ! Et peut-être même en profiter pour lui réclamer un cadeau supplémentaire, que je n'ai pas consigné dans la lettre que je lui ai envoyée. Une Barbie en tenue de soirée ! J'essaie d'attraper Mathilde par la main, est-ce qu'elle l'a commandée, elle, la Barbie en tenue de soirée ? Je n'ai pas eu le temps de le lui demander pendant la récré. Seulement... une autre main m'attrape... Aïe ! Par ma natte !... Et me tire violemment en arrière.

– Eh ! Grosse dinde !

Prise de tremblements, je pique un fard : je sais très bien qui me donne cet horrible surnom.

Je suis encore tirée en arrière – toujours par ma natte et ça fait un mal de chien ! – puis à droite, alors qu'à gauche, je vois les autres s'engouffrer joyeusement dans notre salle de classe. Et la maîtresse qui ne se rend compte de rien ! Et la trouille qui me paralyse au point que je ne peux même pas appeler au secours ! Je suis ainsi violemment entraînée sur une distance de plusieurs mètres, jusque sous le préau.

Là, Théo – la terreur de la cour de récré, il est en CM2 et me dépasse d'au moins deux têtes – me plaque contre un mur et me coince la figure entre deux branches du grand sapin qui orne le préau. Les épines me grattent les joues, les guirlandes me chatouillent, les boules dorées qui se balancent au-dessus de ma tête me donnent le tournis.

– Alors grosse dinde, t'y crois toujours ?

Il est si près de moi qu'il me souffle en plein visage une haleine qui empeste la fraise. Il a toujours plein de bonbons dans les poches, ceux qu'il vole aux petits de CP, et il s'en goinfre à longueur de journée.

– Cr... Cr... Croire à quoi ?

Je n'arrive pas à parler, il tire toujours sur ma natte et les larmes me brûlent les paupières. Ses yeux lancent des éclairs d'une cruauté terrible. Si c'étaient des mitraillettes, fini, je serais raide morte ! Mais le pire, ce n'est pas ça ! Le pire, c'est que ses yeux, s'ils me font peur, je les trouve aussi tellement beaux ! Ils ont une couleur particulière, un marron très clair, légèrement teinté de jaune. On dirait du miel ! On en mangerait !

Il est là, Théo, à me torturer, à me traiter de grosse dinde, alors que moi, depuis le jour de la rentrée, j'en pince pour lui. Oui, je suis amoureuse de lui, je rêve de passer les récrés avec lui, à me bâfrer moi aussi de bonbons à la fraise.

– T'y crois toujours au père Noël ? répète-t-il.

Je ne comprends pas sa question. J'écarquille les yeux. Il lâche enfin ma natte, sort de sa poche un porte-clés – représentant Donald – et joue avec pendant quelques secondes.

– Si tu me donnes ton porte-clés avec Tintin, je te dis un secret, ajoute-t-il enfin.

« Si », avec Théo, il ne faut pas en tenir compte. Le conditionnel, il ne connaît pas. Il ne connaît que l'impératif. Donc, il ne me laisse pas le choix : il me donne un ordre. Et j'ai intérêt à obéir si je ne veux pas retrouver ma natte coupée dans sa main.

La mort dans l'âme, je sors mon Tintin, le préféré de la collec que je viens à peine de commencer. (Pour l'imiter !) Il s'en empare, ou plutôt il me l'arrache des mains et tout à trac, il me balance :

– Le père Noël n'existe pas, grosse dinde ! Y a que les débiles qui y croient !

– On se connaît ?

Théo – c'était bien lui, j'en étais absolument certaine – s'appuyait nonchalamment d'un bras au rebord de la vitre que je venais de baisser.

– Oui, murmurai-je, un sourire énigmatique aux lèvres.

Et je restai silencieuse. À ma plus grande surprise, je ne me sentis pas rougir. J'avais l'avantage. De toute évidence, il ne m'avait pas encore reconnue. Souriant lui aussi, il me dévisageait. Il plissa les yeux – ses beaux yeux couleur miel –, il plissa aussi les lèvres comme s'il allait parler, mais se ravisa.

Il finit par éclater de rire en levant les deux bras dans un geste signifiant qu'il était incapable de mettre un nom sur mon visage.

– « Grosse dinde », dis-je alors lentement, en détachant les mots syllabe par syllabe.

Cette fois son sourire s'effaça et il fronça les sourcils. Son visage eut une expression étonnée, tandis que, très discrètement, son regard descendait de mes yeux jusqu'à ma poitrine. Mon cœur battait la chamade, mais je me dis que, en dépit de la température, j'avais eu raison de mettre mon pull noir en cachemire et mon manteau de fourrure. Parce que je savais qu'habillée ainsi, j'avais l'air de tout, sauf d'une dinde.

Je le laissai encore chercher pendant quelques instants puis, pointant de l'index le porte-clés qu'il tenait toujours entre ses doigts :

– Il était à moi, celui-ci, lui dis-je.

Cette fois il comprit et, comme je l'avais fait tout à l'heure, il se frappa le front.

– C'est pas vrai ! s'exclama-t-il. Attendez, attendez...

Il hésita encore pendant un bref instant.

– École Jean-Jaurès, c'est ça ?

– Gagné ! répondis-je.

Il éclata d'un beau rire franc et ajouta :

– Ça alors, on peut dire que le monde est petit ! Ou bien... C'est la magie de Noël !

J'acquiesçai en riant moi aussi, tout en remarquant qu'il évoquait la magie de Noël, alors que c'était lui qui avait détruit mon plus beau rêve à ce propos.

Il s'ensuivit un silence un peu gêné.

– Vous... Vous faites quelque chose de particulier ce soir ?

Mon binoclard qui empestait la naphtaline m'avait posé exactement la même question une semaine auparavant. Dans sa bouche, j'avais trouvé la formule d'une platitude à mourir, mais dans celle de Théo – Théo qui sentait si bon, comme si le parfum de bonbon à la fraise de son enfance ne l'avait pas quitté – je la trouvais pleine de promesses. Je m'étais forcée à suivre mon binoclard, ce ne fut pas le cas pour Théo.

– Non, dis-je sans hésiter une seconde.

Et sans hésiter non plus, j'acceptai de monter dans sa voiture.

Toujours pas l'ombre d'une hésitation lorsqu'il me proposa d'aller dans sa maison de campagne, à une cinquantaine de kilomètres de Paris.

La soirée ? Délicieuse !

La maison de Théo était très accueillante, meublée avec goût et discrétion. Lorsque nous sommes arrivés, le couvert était déjà mis dans le salon. Pour deux. Une table de fête. Surprise et gênée à la fois, je demandai à Théo s'il attendait quelqu'un. Il me répondit que sa fiancée l'avait plaqué le matin même et que, trop triste à l'idée de passer le réveillon seul – alors qu'il avait déjà concocté un repas succulent –, il avait dressé la table pour deux comme si de rien n'était.

Il avait ensuite eu l'idée de proposer ses services pour se déguiser en père Noël, afin de conjurer son chagrin. Cette journée, bien qu'harassante, me précisa-t-il, lui avait permis de s'étourdir, de refouler ses idées noires. Et il avait pris un réel plaisir à voir la joie dans les yeux des enfants qui venaient se faire photographier avec lui.

Il avait en effet l'air sincèrement chagriné en me confiant sa déconvenue, mais je ne pus m'empêcher de me dire en moi-même que, finalement, la vie était bien faite. On l'avait plaqué le soir de Noël et ce n'était que justice : il était ainsi puni de m'avoir gâché mon dernier Noël d'enfant.

Et puis, au fur et à mesure que la soirée passait, j'oubliai mes ressentiments. J'avais l'impression de vivre un rêve : retrouver un amour d'enfance, c'est véritablement magique. Nous n'avons mangé que très peu. Pourtant le repas était exquis : foie gras, canapés, champagne... pas de dinde. Heureusement, une grosse dinde rôtie eût été malvenue. Nous avons parlé sans trêve, nous racontant mutuellement ce qu'avait été notre vie pendant toutes ces années. Théo m'avoua que son enfance avait été difficile. Le garnement de CM2 était carrément devenu un voyou au collège, mais il avait finalement repris le droit chemin et suivi des études d'informatique.

Lorsque minuit sonna, Théo me rendit mon Tintin, en guise de cadeau de Noël. Comme je refusais d'abord de l'accepter, il me montra l'impressionnante collection de porte-clés qu'il avait gardée depuis qu'il était petit : les porte-clés volés aux enfants dans la cour, plus d'autres... Ceux, me dit-il avec un sourire malicieux, que ses diverses petites amies lui avaient offerts.

Je vivais un rêve, un rêve extraordinaire.

Lorsqu'il passa ses mains autour de mon cou et qu'il serra, serra, serra avec une violence et une force inouïes, alors seulement je compris qu'en fait de rêve, j'étais plongée au cœur d'un horrible cauchemar.

Et que j'allais mourir. Étranglée par un fou.

❄

– Ça va ?

J'ouvris les yeux avec difficulté. Je ne vis d'abord que du blanc tout autour de moi. Y avait-il eu enfin une tempête de neige ?... Non. Le blanc environnant n'était que celui de l'Assistance publique. J'étais à l'hôpital.

Et le binoclard se tenait au pied de mon lit.

Toujours aussi mal fagoté, se balançant d'une jambe sur l'autre, il m'apparaissait au travers d'une sorte de brouillard.

Je tentai de répondre, mais ne pus émettre qu'une série de sons entrecoupés et une fulgurante douleur à la gorge m'arracha un cri.

– N'essayez pas de parler ! Pas maintenant, en tout cas.

Mon binoclard contourna le lit pour se rapprocher de moi et s'éclaircit la voix en émettant une petite toux sèche. Il ouvrit la bouche, fit une grimace qui le rendit encore plus laid et, sans rien ajouter, sortit de sa poche une carte qu'il me mit sous le nez. « Commissaire Dubosque, brigade criminelle. »

Une nouvelle fois j'essayai de parler, une nouvelle fois la douleur m'en empêcha.

– Merci, dit-il alors en retirant ses lunettes. (Et il n'était guère plus beau pour autant.) Nous vous devons une fière chandelle ! Grâce à vous, nous avons réussi à arrêter un redoutable tueur en série.

Il se racla encore la gorge. À croire que c'était lui qui avait failli être étranglé ! Il me raconta une longue histoire que, je l'avoue, je n'écoutai que d'une oreille. J'avais du mal à garder les yeux ouverts, mon cou me faisait un mal de chien, j'avais l'impression que le lit dansait le hip-hop, j'avais la nausée. On avait dû m'administrer des tranquillisants et je n'avais qu'une envie : dormir. Sans rêver, ni cauchemarder.

Mais je compris néanmoins l'essentiel de ce qu'il m'expliqua. Théo était un dangereux criminel qui, à chaque Noël depuis près de quatre ans, étranglait une femme. Ses proies succombaient dans un premier temps à son charme – à ses beaux yeux couleur miel ! Élégant, raffiné, doté d'une bonne situation, rien ne laissait supposer qu'il fût dangereux et ses victimes le suivaient sans se méfier. Fétichiste, il ne dérobait aux malheureuses après les avoir tuées que leur porte-clés. La police le traquait depuis longtemps. Il tuait exclusivement des femmes qui avaient à peu près mon physique et mon âge. Des célibataires comme moi.

Comme moi, faciles à aborder dans la rue, me précisa mon binoclard... enfin le commissaire Dubosque.

Merci du compliment.

Il m'avoua qu'il m'avait lui-même courtisée dans l'intention de vérifier si je cédais facilement aux avances d'un inconnu. La vérification avait été positive. Merci encore.

Grâce à de nombreux indices récoltés au fil des enquêtes sur les trois premiers meurtres, la police connaissait le rituel du tueur. Il aimait se déguiser en père Noël le 24 décembre et, avec une précision d'horloge, il choisissait sa nouvelle proie, en fin de journée, en sortant des Galeries Lafayette...

Ce que je retins de l'exposé du commissaire, c'est que *j'avais servi d'appât,* car mon physique et mon caractère correspondaient à ceux des précédentes victimes. Au cas où Théo aurait choisi une autre femme, c'est moi qui aurais eu droit au lapin, sur le trottoir, devant les Galeries. Or, contre toute attente, je m'étais moi-même jetée dans la gueule du loup. J'avais ainsi considérablement facilité le travail du commissaire Dubosque et de ses acolytes qui m'avaient suivie et, en dernier lieu, sauvée des mains du monstre.

Ce que je retins aussi, c'est que la réalité est très différente des contes de fées. Si le tueur avait l'aspect d'un prince charmant, mon sauveur, lui, avait une bien piètre figure. À la fin de ses explications, il sortit un mouchoir de sa poche et entreprit de se moucher avec force bruits. Il avait le nez rouge, congestionné, et ses petits yeux injectés de sang se réduisaient à deux fentes boursouflées.

Il y eut un long silence. Je n'étais toujours pas en mesure de parler et de ce fait, le commissaire Dubosque ne pouvait m'interroger. Pourquoi avais-je suivi le suspect de moi-même ? Cette question lui brûlait sans doute les lèvres... Jamais je ne lui aurais répondu.

Jamais je n'aurais dévoilé que Théo était... un amour d'enfance. Je ne voulais pas que ce binoclard enrhumé, tout commissaire qu'il était, pénètre dans mon jardin secret – un jardin bourré d'orties ! Je me sentais suffisamment humiliée comme ça.

Penché au-dessus de moi, il semblait attendre un commentaire, si elliptique fût-il, un battement de cils, un sourire, un geste.

Je lui fis signe d'approcher un peu plus et lorsqu'il fut assez près, je lui administrai une claque monumentale. J'y mis tout mon cœur ! Toutes les forces qui me restaient !

Pour la seconde fois, avec la même cruauté, j'avais confirmation que le père Noël n'existait décidément pas.

❄

Le temps a passé. Je n'ai plus l'occasion de me laisser aborder par un inconnu dans la rue. Je suis mariée et j'ai une fillette de quatre ans. Elle croit au père Noël, bien évidemment. Chaque année à la même époque, je suis rongée d'inquiétude à l'idée qu'un petit camarade, dans la cour de récréation, réduise ses rêves à néant.

Et lorsqu'il nous arrive de flâner du côté des grands magasins en période de fêtes, si jamais un père Noël de pacotille s'approche de nous pour proposer une photo, je suis prise de tremblements, mon cœur s'emballe, je prends ma fille sous le bras malgré ses protestations, et mes jambes à mon cou.

COMMENT J'AI TUÉ MON GRAND-PÈRE

CATHERINE MISSONNIER

C'EST TERMINÉ, il est mort. Nous avons dispersé ses cendres au pied de ses chers rosiers, comme il l'avait demandé. Il ne nous tiendra plus à la merci de son sadisme et de sa fortune. Il est mort et c'est moi qui l'ai tué.

Ça a été terriblement facile.

– Tu verses le produit dans son vieux malt, il n'en changera pas le goût, m'avait prévenu François en me donnant le flacon.

Je n'ai eu qu'à lui tourner le dos pour préparer les boissons. Il a bu avec ce claquement de langue satisfait qui accompagne toujours la dégustation de son whisky de luxe. Nous avons continué à parler de ce stage qu'il me proposait, il s'est mis à respirer difficilement, s'est recroquevillé sur lui-même dans un râle terrible et il s'est effondré, les mains crispées sur la poitrine. Il n'a pas fallu plus de dix minutes au docteur Lomond pour arriver. Il avait l'habitude de ces appels soudains. D'ordinaire, ses soins remettaient le malade sur pied, plus ou moins vite. Cette fois, il n'a pas pu.

– C'est fini, le cœur vient de lâcher, nous a-t-il annoncé en sortant de la chambre où l'on avait réussi à le transporter.

Marie-Anne, l'assistante de grand-père depuis vingt ans, la seule sans doute à avoir de l'affection pour lui, a poussé un cri de détresse et s'est précipitée pour lui prendre les mains. Bella a baissé les yeux, François a adopté son air des grandes circonstances.

– Je vais prévenir la famille, a-t-il déclaré, comme si ce devoir lui pesait lourdement.

Et il a réussi à garder sa voix de gendre navré pour appeler les autres, qui attendaient en trépignant à côté de leur téléphone.

Le docteur Lomond a établi le certificat de décès et Marie-Anne s'est occupée de tout le reste : de la mise en bière, de la cérémonie dans la chapelle de Monfort et de la récupération des cendres au crématorium. Il n'y a pas eu d'enquête puisque c'était une mort naturelle. Mais il y a eu des questions, car le disparu laissait quand même beaucoup d'argent. Le commissaire Lécuyer, qui était venu sceller le cercueil comme pour tout décès à domicile, nous a pris un par un « pour un entretien informel ».

Chacun a récité correctement sa leçon, nous l'avions assez répétée. Le commissaire s'est contenté d'écouter. Sauf quand je l'ai averti de mon départ pour passer Noël au bout du monde sans attendre la lecture du testament, parce que cette histoire m'avait trop bouleversé.

Un soupçon d'incrédulité est apparu dans ses yeux, il a noté les coordonnées de l'hôtel et m'a demandé quand je revenais.

C'était le cadeau des autres, en remerciement du service rendu : un séjour dans un palace de l'île Maurice.

– Pour récupérer, avait insisté Michel.

– Penser à autre chose, avait renchéri Bella.

– Draguer un peu, avait ajouté oncle Arthur.

Ils veulent surtout m'éloigner, ils ont peur que je craque. Je ne crache pas sur leurs vacances tropicales, mais ils se trompent, je ne risque pas de craquer. C'est sans doute moi qui avais le compte le plus lourd à régler avec lui. Il m'a volé trois vies : celles de mes parents, et celle de l'enfant heureux que je n'ai jamais pu être. Lui prendre la sienne pour l'empêcher de continuer à nuire n'était qu'une maigre compensation.

❄

Grand-père était un homme dur. Son flair, son astuce et sa férocité ont fait de la petite entreprise artisanale de son père la principale société de bâtiment et travaux publics de la région.

Comme beaucoup de gens qui ont bâti leur fortune par la seule force de leur volonté, il avait un mépris viscéral pour qui n'était pas capable d'en faire autant. Les faiblesses de ses enfants le mettaient en rage, mais il ne s'était jamais demandé si son impérialisme féroce et son indifférence affective n'avaient pas étouffé, chez eux, toute velléité d'autonomie. Comme il ne supportait pas non plus d'étaler au grand jour l'incurie de sa famille, il nous entretenait. Au prix de notre asservissement.

Michel, son fils aîné, qui n'a jamais tenu plus de six mois dans d'autres entreprises, a été pourvu d'un poste de directeur du développement qui lui permet d'afficher aux yeux du monde une vie de famille honorable.

Bella, sa fille cadette, s'est offert un mari hobereau breton, François de Kermanech, nanti d'un manoir du XVIe siècle à moitié en ruine. Devenir châtelaine compensait peut-être dans le cœur de Bella ses frustrations d'enfant. Le hobereau avait des compétences en tennis et en navigation, indispensables pour tenir son rang, mais peu rémunératrices. Grand-père a fini par lui offrir un poste dans son service des ressources humaines pour éviter à sa fille de se retrouver à la rue, mais le château est un gouffre et Bella doit chaque année mendier quelques milliers d'euros supplémentaires.

Arthur, le frère cadet de grand-père, a toujours vécu dans l'ombre de son aîné et n'a eu aucun scrupule à accepter des miettes de la fortune fraternelle.

Moi, je ne suis encore qu'étudiant. Le jour je suis les cours d'une brillante école de gestion dont grand-père paie les frais de scolarité, je loge dans un studio qui lui appartient et, la nuit, je joue du saxo avec un groupe d'amis aussi fondus de musique que moi. Nous commençons à nous produire dans quelques manifestations modestes.

Cette année je me suis mis à jouer aussi le jour, à la place des cours les moins importants et quelquefois des autres ! Si grand-père l'apprenait, il me couperait les vivres. Or j'ai encore besoin de son argent. Il m'a privé d'enfance, il me doit bien son aide pour réaliser mon rêve d'adulte.

À chacun de ses anniversaires, je me prépare au pire. Depuis la mort de grand-maman, qui servait d'écran entre lui et nous, grand-père a progressivement transformé cette fête en mise en scène de son pouvoir... et de notre soumission.

Le repas somptueux nous réunit autour de lui dans la grande maison de Monfort, on le couvre de cadeaux pour lesquels chacun s'est creusé la tête pendant un mois, car il attend de nous qu'on le surprenne au moins ce jour-là. Et, à partir du café, il nous prend à part, l'un après l'autre, dans sa bibliothèque, pour « parler de notre situation ».

C'est son moment de jouissance. Il sait extorquer à chacun l'aveu de ses dettes, du montant ruineux des écoles des enfants, du poste de direction dont il rêve, du coût des travaux pour entretenir le manoir de Bénodet... Et il distribue ses présents, selon son humeur, dans le seul souci, dirait-on, de créer le plus de tensions et de rancœurs entre nous.

Rituellement, début septembre, il se régale de sa toute-puissance, de notre angoisse et de notre humiliation. Mais cette année, pour son soixante-douzième anniversaire, il s'est surpassé.

– Ça suffit, a hurlé Bella en jetant par terre le précieux collier de grand-maman qu'il venait de lui offrir à la place des trente mille euros nécessaires pour réparer le toit de Bénodet.

C'était l'heure sacrée de la sieste de grand-père, la seule qui nous permette de nous défouler.

– Il sait pertinemment qu'aucun bijoutier ne m'en donnera plus de dix mille euros, a-t-elle ajouté amère.

– C'est la dernière fois que je viens, a annoncé Arthur péremptoire, quitte à me replier dans une chambre de bonne et à bouffer des nouilles.

Arthur répète tous les ans la même chose. Il ne continue à fréquenter ses restaurants, son club de bridge sélect et à s'offrir quelques compagnes occasionnelles que grâce à l'aumône que lui fait grand-père en lui conservant un poste de vice-président bien rémunéré pour ne rien présider.

– Cette année, il m'a tout refusé, a grondé Michel. Il me bloque dans ce rôle fantoche de directeur du développement, avec ce salaire dérisoire, sans me laisser accéder au moindre projet. Le développement, c'est lui, et lui seul.

– Et toi Cédric ?

– Mon viatique habituel : le strict nécessaire pour continuer mes études.

Je ne demande jamais plus, et jusqu'à présent je l'ai toujours obtenu, assorti bien sûr de la traditionnelle remarque : « J'espère que tes résultats se maintiendront à la hauteur de mon aide. » Autrement dit, si je flanche, l'aide flanchera aussi. Mais il est moins cruel avec moi qu'avec les autres. Sans doute a-t-il un soupçon de remords à mon égard. C'est à cause de lui que je suis orphelin.

Il y a dix-huit ans, par une froide journée de janvier, maman, qui était la plus tendre de ses enfants, était venue jusqu'à Monfort avec son jeune mari et son fils de deux ans pour passer le week-end auprès de lui. Elle voulait aussi lui demander son aide pour remplacer leur vieille guimbarde, plus assez sûre pour me transporter.

Il avait bien sûr refusé, arguant qu'ils auraient dû y penser avant de faire un enfant. Il avait ajouté que, dans Paris, il y avait suffisamment de bus et de métros pour se déplacer.

De rage, mes parents sont partis dans la nuit, sous la neige.

Les pneus étaient usés et mon père pressé de fuir. Dans un virage il a dérapé. Ils sont morts tous les deux. Bien sanglé à l'arrière, j'ai survécu. Depuis grand-père a payé mes nurses, mes vêtements, mes vacances ainsi que mes études. Je n'ai jamais manqué de rien, sauf d'amour.

À l'âge de huit ans, quand Bella m'a révélé comment j'étais devenu orphelin, je me suis promis qu'un jour il me le paierait.

– Ça suffit, a répété Bella, en ramassant quand même le collier.

– Cette année il a été horrible, a gémi Chloé, la femme de Michel.

– C'est pour nous préparer au pire du pire, a annoncé François, de son ton précurseur de catastrophe.

– Il vend ! a crié Michel.

– À ce renard de Petrossian, les négociations sont en cours.

On sentait le coup venir depuis ses premiers malaises cardiaques. Grand-père ne veut pas que les entreprises Forget, son œuvre, soient démantelées. Conscient qu'aucun de ses enfants n'est capable de prendre sa suite, il préfère céder son groupe à un concurrent dynamique qui poursuivra son œuvre mais sera libre de virer qui il veut.

– Puis il partira claquer son fric aux Bahamas, a conclu Michel qui rêve d'en faire autant.

– Pire, a continué François jouissant de son pouvoir d'initié, d'après Froment, le directeur juridique, il ne cède qu'une part à Petrossian. Le reste il nous le laisse en héritage, sous la forme d'un pacte d'actionnaires avec interdiction de vente pendant au moins dix ans.

– Ça veut dire quoi ce charabia ? s'est énervée Bella.

– Que même s'il meurt, on ne pourra rien vendre, ni même décider de dividendes à nous verser. On sera propriétaires d'actions dont on ne pourra rien tirer avant longtemps. Pour ne pas affaiblir sa chère entreprise.

Chacun a alors médité sur les conséquences de la révélation de François.

– On va se retrouver sans un, a conclu Arthur, le plus prosaïque.

– Dès l'instant où ce sera signé, a ajouté François.

Un long silence a suivi sa remarque.

– C'est pour quand ? a finalement questionné Michel.

– D'après Froment, la fin de l'année.

– Tu crois que ses crises cardiaques l'emporteront avant ? a demandé ingénument Arthur.

– Lomond n'est pas optimiste. Mais bien soigné, il peut durer encore un moment.

– Quelques mois de plus ou de moins, dans une longue vie, qu'est-ce que ça change ? a pensé Chloé à voix haute.

– On pourrait parler de tout ça dimanche prochain à la maison ? a suggéré Bella.

C'est ainsi que je suis devenu un assassin. Bien sûr il a fallu quelque temps pour en arriver là. Il convenait d'abord de trouver le produit capable de provoquer une crise cardiaque fatale. C'est François qui l'a découvert.

– Il aura juste l'air d'avoir eu une crise un peu plus forte que d'habitude, a-t-il expliqué sobrement.

– Lomond n'arrête pas de répéter qu'un jour ou l'autre il ne s'en remettra pas. Il ne sera pas surpris.

Restait à désigner l'exécuteur. C'est là que je me suis fait piéger. Il fallait que le bourreau paraisse le plus innocent possible, qu'il soit convoqué chez grand-père de façon inattendue – afin d'éliminer tout soupçon de préméditation – et pour un motif sympathique : se voir offrir un cadeau, une gratification…

– Tu as bien un stage en entreprise à effectuer cette année ? s'est informé François, le troisième dimanche de notre conspiration.

– D'une durée de trois mois, je suis en train de chercher.

– On a justement besoin de renfort à la direction du marketing. Ton grand-père serait sûrement heureux de t'offrir cette opportunité de t'initier à ses affaires. Et puis, dans un CV, un stage chez Forget, c'est valorisant.

– Il n'y a qu'à toi qu'il ferait un pareil cadeau, a glissé perfidement Bella.

– Tu ne pourras que lui en être reconnaissant, a ajouté Arthur.

– Donc insoupçonnable, a conclu Michel.

Le terrain sera préparé par François qui laissera à grand-père le plaisir de m'annoncer la nouvelle. Il adore ce rôle de bienfaiteur des siens, il ne résistera pas à l'envie de me convoquer à Monfort pour me faire part de sa générosité, comme si ses cadeaux prenaient plus de valeur dans le cadre solennel de sa bibliothèque.

– Je m'arrangerai pour que ce soit vers dix-huit heures, à l'heure de son whisky. En le préparant, tu n'auras qu'à verser le produit dans son verre, a continué François.

– Pendant ce temps, je distrairai Marie-Anne, m'a affirmé Bella.

– Et moi je préciserai avec lui les conditions de ton embauche. Il ne te prêtera plus attention.

Ils avaient pensé à tout, y compris à s'attribuer des rôles secondaires pour me donner le sentiment qu'ils partageaient les risques avec moi.

– On appellera Lomond au secours, bien sûr.

– Et le soir, il aura cessé de nous tyranniser, a murmuré Chloé, le regard mouillé de reconnaissance.

Autrement dit, je serai le héros qui les aura libérés. Et qui leur permettra, en outre, de mettre le grappin sur cette fortune qui les nargue.

Deux mois plus tôt, je ne serais pas entré dans leur combine. Mais depuis son dernier anniversaire, mon aversion pour grand-père avait pris des teintes de haine. Je suis toujours le dernier au défilé de la distribution de gâteries. D'ordinaire il se contente de reconduire ma pension annuelle. Je remercie et je me sauve, en rêvant au jour où je serai libre de refuser ses cadeaux.

Mais cette fois, il a voulu faire dans le raffinement. Alors que je ne lui avais rien demandé, il n'a pas pu s'empêcher de me lancer au moment où j'allais fermer la porte :

– Pour une voiture, tu attendras. Dans Paris, ça ne sert à rien.

C'était à quelques mots près ce qu'il avait dû dire à maman, sur le même ton de mépris ironique, j'en suis sûr. Ce fut comme une gifle salutaire. Il m'a semblé tout à coup que je m'étais endormi dans le confort, que j'avais oublié la promesse que je m'étais faite à huit ans. J'étais mûr pour accepter la mission.

❄

Les jours qui séparaient cette réunion chez Bella de la convocation de grand-père pour le stage ont été difficiles. Entre détester quelqu'un et le tuer, il y a un fossé que je n'avais pas mesuré.

Chaque nuit, en regardant la photo de mes parents sur ma table de nuit, je me répétais que grand-père était un assassin, et moi l'instrument de la justice. Je me conditionnais à le haïr. Les nuits où je parvenais à évoquer l'insouciance heureuse de mes parents, que tous décrivaient comme un couple délicieux qui m'adorait, j'étais prêt ; mais les nuits où cette image ne se formait pas, c'est moi que je voyais en meurtrier. Je ne m'aimais pas beaucoup et puis je n'étais pas rassuré : le scénario était certes habilement monté, mais c'est moi qui verserais le produit, c'est moi qu'on arrêterait si la police soupçonnait un assassinat.

Bizarrement, dès que Marie-Anne m'a appelé pour me fixer un rendez-vous, mes doutes et mes angoisses ont cessé. Comme s'il ne servait plus à rien de tergiverser puisque la mécanique était en marche.

François m'a remis le flacon la veille de ma visite à Monfort. C'est, comme toujours, Marie-Anne qui m'a accueilli.

– Il vous attend dans la bibliothèque.

Grand-père devait m'annoncer lui-même sa proposition, que j'accepterais bien sûr avec gratitude, puis, comme il est de coutume, je proposerais de préparer un verre pour fêter l'événement. Après avoir trinqué, j'étais censé discuter des modalités de mon stage avec François.

Les choses se sont passées exactement comme nous l'avions prévu. Grand-père m'a fait asseoir près de lui. François s'est écarté discrètement, Bella a accaparé Marie-Anne pour étudier l'organisation du réveillon, grand-père m'a expliqué son offre, avec son sourire satisfait de joueur d'échecs qui a un coup d'avance. J'ai remercié avec suffisamment de chaleur et je suis allé confectionner les boissons. Ma main n'a pas tremblé en versant le poison, ni en tendant le verre à grand-père. Nous avons bu.

Vingt minutes après, le docteur Lomond sortait de sa chambre et nous annonçait sa mort.

Le commissaire Lécuyer ne s'est manifesté que le lendemain.

– Vu la fortune laissée par votre grand-père, il me faut établir les conditions de son décès.

– Je croyais que son médecin l'avait fait.

– Certes, mais une crise cardiaque peut aussi être provoquée, par une émotion par exemple, surtout chez un homme très malade. Racontez-moi donc cette soirée.

C'est là que j'ai apprécié la qualité de préparation du clan familial. D'après mon récit, j'étais effectivement insoupçonnable.

– C'était inattendu, cette offre de votre grand-père ?

– Je n'avais pas songé à lui demander son aide. Je dépends déjà assez de sa générosité, ai-je répondu avec juste la confusion nécessaire.

– Ça vous tentait ?

– Beaucoup donneraient cher pour cette expérience.

– Mais vous ?

– Comment ça moi ?

– Les travaux publics, ça vous attire vraiment ?

Ce commissaire était-il au courant de mes activités nocturnes ?

– C'est un secteur en pleine mutation, ai-je affirmé du ton le plus convaincu possible.

Il n'a pas insisté, mais je n'aimais pas la lueur ironique dans son regard. Il a interrogé aussi François, Bella, Marie-Anne et Madeleine qui tient la maison de grand-père. Finalement, il a délivré le permis d'inhumer et Marie-Anne s'est occupée des obsèques.

C'est moi, le plus jeune adulte de la tribu, qui devais disperser ses cendres devant la famille, les représentants de l'entreprise et le commissaire Lécuyer qui n'arrivait pas à nous quitter. Ce fut un moment difficile. Toutes les nuits je revivais la scène de sa mort, ses soubresauts, son râle d'étouffement, toutes les nuits j'étais en nage.

Je n'en parlais pas, mais mon visage fermé, mon mutisme, devaient me trahir. Les autres ont eu peur que le commissaire devine quelque chose et que, dans un accès de remords, je me mette à table.

– Tu pars demain, m'a annoncé François le soir même. Je t'ai réservé une place sur le vol direct d'Air France. Jeudi, tu seras à dix mille kilomètres d'ici et tu y resteras jusqu'à ce que tu te sentes mieux.

C'est ainsi que, pour me remercier de l'avoir débarrassée de grand-père, la famille m'a envoyé passer Noël au *Paradis*, un des hôtels les plus chic et les plus chers de l'île Maurice.

❄

Je suis ici depuis cinq jours maintenant. Grand-père hante mes nuits, mais je parviens à dormir quelques heures, épuisé par des journées passées à nager, sur l'eau et sous l'eau, dans le lagon bleu turquoise qui entoure l'île. Et quand je ne suis pas à la trace les poissons multicolores qui circulent au-dessus des coraux, des naïades blondes à la peau dorée tentent de me distraire. Cet hôtel en est plein, j'en viens à penser que la famille l'a choisi pour ça. Jusqu'à présent aucune ne m'a retenu plus que le temps d'un bavardage au bord de la piscine. Je ne sais d'ailleurs pas si je pourrai un jour dire des choses tendres à une femme. J'aurais l'impression de la tromper sur moi-même.

– Je vous place à quelle table pour le réveillon, monsieur ?

Nitin, le maître d'hôtel, a dû remarquer le regard admiratif que je portais aux beautés de la piscine. Installé à côté de l'une d'elles, ma soirée de Noël n'en serait que plus agréable.

– Aucune. J'aimerais réveillonner seul. Mais pas ici.

– Souhaitez-vous que je vous conseille un restaurant ?

– Je voudrais passer la soirée sur un îlot désert. C'est possible ?

– Pas de problème, monsieur, je vous arrange ça.

C'est la phrase clef des Mauriciens. Dans cette île où le touriste est roi, aucune lubie n'est importune. Vous voulez du caviar à minuit dans votre chambre : pas de problème. Écouter un orchestre créole : pas de problème. Louer une Cadillac : pas de problème. Les choses mettent parfois du temps à arriver, mais elles arrivent. J'aurai donc mon île déserte.

– Avec un pêcheur qui vous fera griller des langoustes, ça vous irait ?

– Parfaitement.

La nuit de Noël a toujours été une corvée pour moi. Nous ne pouvions la passer autrement qu'à Monfort, autour de grand-père. Le même repas – croûte aux morilles, dinde truffée, bûche glacée du meilleur traiteur – nous tenait chaque année deux heures à table, à jouer le jeu de la famille unie, en redoutant les questions insidieuses de grand-père. Désormais, je passerai Noël seul. À la rigueur avec un pêcheur mauricien.

– Le pêcheur vous attend à dix-sept heures à l'embarcadère de l'hôtel *Touessrok*. Vous pourrez y être ? me demande Nitin un peu plus tard. Il vous emmène à l'île de l'Est, mais il voudrait partir avant le coucher du soleil.

J'ai juste le temps de prendre mes affaires. Je jette un dernier coup d'œil aux naïades avec qui je ne réveillonnerai pas, aux décorations de Noël dont l'hôtel a magnifiquement orné ses halls, ses salons, sa salle à manger, au sapin enguirlandé (venu de France par avion) qui trône devant la réception et au traîneau du père Noël, tiré par ses six rennes, naviguant au milieu d'une tempête de flocons neigeux agités par une soufflerie permanente. La direction l'a installé dans une sorte d'aquarium illuminé, pour le bonheur des petits enfants riches venus passer les fêtes au *Paradis*. Je serai mieux seul sous les étoiles, avec mon saxophone.

L'île de l'Est est située de l'autre côté de Maurice. Il me faudra près d'une heure pour parvenir à l'embarcadère, car la circulation est dense et la conduite à gauche déconcertante. Mais le trajet en vaut la peine, là-bas le lagon est somptueux quand le vent d'est ne souffle pas. Ce qui est le cas ce soir.

– Ni vent ni pluie, vous aurez une belle soirée, m'annonce Nitin en plaçant dans mon coffre un casier d'osier rempli de choses délicieuses pour accompagner les langoustes.

Lorsque je l'atteins, le parking de l'embarcadère est déjà envahi par des cars de touristes venus fêter Noël dans les lagons de l'île aux Cerfs, voisine. J'espère que le bruit de leurs ébats ne parviendra pas jusqu'à nous.

La barque de mon pêcheur, rose et verte, avec son petit toit bordé d'une dentelle de bois découpé, a des allures de case créole. Je m'y étale à l'aise, laissant traîner ma main dans l'eau tiède, si transparente qu'on aperçoit les efflorescences de coraux roses qui tapissent le fond du lagon et leurs innombrables branches blanches, mortes, cassées par les piétinements de hordes de touristes irresponsables.

– Zety baigné, mi préparé lo manzé, m'annonce le pêcheur dans son créole chantant, en accostant sur une longue plage de sable blanc.

❄

La soirée s'annonce aussi sublime que je l'espérais. Une brise légère, pas un nuage, le soleil qui descend lentement derrière les collines, les étoiles qui commencent à s'allumer, et personne pour perturber ce calme. Je caresse le cuivre poli de mon saxophone que je viens de sortir de son étui. Voilà une semaine que je n'en ai pas joué. Ce soir j'y parviendrai peut-être si je cesse de me fuir.

Il me semble n'être venu jusqu'ici que pour cela : une nuit de solitude, face à moi-même.

Pas une nuit de cauchemars à me remémorer les derniers instants de ma victime, pas une nuit d'angoisse à redouter la venue de la police, une nuit de lucidité. Pour me voir tel que je suis devenu, un assassin de vingt ans, qui restera un assassin toute sa vie. Je ne regrette pas grand-père. S'il était mort sans mon aide, je m'en sentirais heureux et allégé. Je déteste l'acte auquel la famille m'a gentiment poussé. Mais je vais être obligé de vivre avec. Cette nuit, pour la première fois, je retrouve assez de calme pour affronter cette réalité.

Je n'avais pas besoin de partir si loin pour parvenir à cet état, un îlot breton battu par l'océan aurait aussi bien convenu. Mais quand j'ai quitté Paris précipitamment, je n'en avais pas encore conscience. Et les autres étaient tellement pressés de m'expédier le plus loin possible qu'ils ne m'ont pas donné le temps d'y réfléchir.

Dans la douceur de cette soirée, le calme de cette plage vide qu'animent seuls le léger ressac des vaguelettes et les derniers cris des mouettes avant la nuit, la tension et la peur qui ne m'ont pas vraiment quitté jusqu'ici s'apaisent soudain, laissant remonter un doute qui aurait dû m'effleurer depuis longtemps : et s'ils ne me faisaient pas confiance ? S'ils me croyaient trop fragile pour assumer les conséquences de mon acte ? S'ils ne m'avaient envoyé jusqu'ici que pour se débarrasser de moi, définitivement ?

J'observe le pêcheur avec une méfiance soudaine. Il prépare tranquillement son barbecue, dresse une table et deux chaises sous un filao, bien que nous n'ayons pas besoin d'ombre à cette heure, mais c'est sans doute l'endroit où il s'installe d'habitude.

Cette routine apparente me rassure. Le pêcheur est probablement un vrai pêcheur. Ce n'est peut-être pas ce soir que je dois disparaître. Avant de me supprimer, les autres attendront de connaître la teneur du testament de grand-père, pour être sûrs que je ne leur suis plus d'aucune utilité. Je dispose donc d'un sursis, jusqu'au rendez-vous chez le notaire prévu le 26, juste après les fêtes. J'ai encore deux nuits et un jour pour me prémunir contre leurs mauvaises intentions.

Peut-être que je fantasme, peut-être n'ont-ils aucune mauvaise intention, mais maintenant que le doute s'est insinué en moi, je ne parviens plus à le chasser. Ils n'ont guère eu de scrupules à éliminer grand-père, ils n'en auront pas davantage pour moi.

Je commence à mieux comprendre le mépris dans lequel il les tenait. Des parasites et des rapaces, voilà ce qu'ils sont tous, et voilà ce qu'ils ont fait de moi, en utilisant habilement mes frustrations d'orphelin et la rage incontrôlable dans laquelle m'avait mise la dernière perfidie de grand-père.

Ils comptaient sans doute sur la douceur des tropiques pour endormir ma méfiance. Ils me connaissent mal, ils n'ont pas compris que dix-huit ans de solitude m'ont forgé différent d'eux et que, cette solitude retrouvée, ma lucidité me reviendrait. Demain, j'envoie à un avocat une confession détaillant le rôle de chaque participant au complot, et je préviens ma chère famille que s'il m'arrivait malheur, elle irait tout droit chez le commissaire Lécuyer.

Un soulagement bienfaisant m'envahit.

Sur la partie haute de la plage, les braises du pêcheur rougeoient délicatement. Les bouteilles cliquettent dans la glacière.

– Bat en grog vié rhum ? me propose l'homme en me tendant un verre glacé que la tiédeur du soir embue très légèrement.

Ça doit être l'expression créole pour désigner un punch au rhum vieux, ce qu'on peut confectionner de meilleur avec le jus des cannes à sucre qui couvrent l'île Maurice. Je lève le verre à la santé du pêcheur qui retourne vers le barbecue sortir de son seau la langouste encore gigotante. Il me la tend pour m'en faire admirer la taille.

– Splendide ! dis-je admiratif.

Avec un large sourire satisfait, l'homme pose la langouste sur sa planche à découper, d'un coup de machette bien ajusté il la fend en deux et la pose sur les braises. Puis il jette négligemment la machette à terre, à portée de ma main, et allume une grosse lampe-tempête qu'il place sur la table. Si cet homme doit me tuer, ce sera juste d'une indigestion de langouste.

C'est alors que je distingue le bruit d'un moteur. Trop éloigné d'abord pour que je m'en inquiète. Sans doute des touristes pour l'île aux Cerfs. Mais le moteur ne semble pas nous contourner, on dirait même qu'il vient vers nous. Intrigué, le pêcheur délaisse son barbecue pour scruter la mer.

– Qui est-ce ? je lui demande lorsqu'on commence à distinguer la silhouette du canot à moteur.

– Pas conné.

Le canot fonce maintenant droit sur notre plage. Si c'est un tueur, il lui suffira d'un bon fusil à lunette pour me tirer comme un lapin. Et peut-être aussi le Mauricien, de façon à ne pas laisser de témoin. Le pêcheur, d'ailleurs, ramasse sa machette et recule de plusieurs pas, sous l'abri des filaos.

Je ne vais pas offrir une cible immobile plantée au milieu de la plage. Je m'aplatis sur le sable et rampe jusqu'à l'abri d'un rocher. S'il veut me tuer, il lui faudra accoster. J'aurai peut-être une chance de l'atteindre d'un jet de pierre bien ajusté.

Je vois maintenant deux occupants dans le canot : un qui conduit, l'autre plus en arrière, qu'on dirait enveloppé d'une houppelande.

Plus le canot se rapproche, plus la houppelande se précise. C'est un manteau rouge à capuchon que vient compléter, sur le visage de celui qui le porte, une grande barbe blanche. Le père Noël !

Le conducteur coupe le moteur et le relève pour s'approcher du rivage en douceur. Le père Noël retrousse son manteau et saute dans les quelques centimètres d'eau qui le séparent de la plage. Le pilote remet les gaz et s'éloigne. Mon visiteur monte vers le feu et la lumière de la lampe, qui éclairent maintenant sa silhouette. Il n'a pas d'arme à la main.

Le pêcheur est toujours sur ses gardes, le poing crispé sur sa machette.

– Pas de souci, dit le père Noël d'une voix qui ne m'est pas inconnue. Je suis un ami.

Puis se tournant vers le rocher derrière lequel je me cache, il lance, jovial :

– Joyeux Noël, Cédric !

C'est comme si je recevais un uppercut en pleine poitrine.

– Grand-père ! je bredouille. Tu es vivant ?

– Comme tu vois, m'assure le père Noël en enlevant sa barbe.

Je ne sais ce qui l'emporte en moi d'un immense soulagement, d'une curiosité dévorante ou de la rage.

– Tu t'es bien fichu de nous !

– Je te trouve très susceptible pour un assassin. Nous nous sommes quittés sur un verre de whisky, si tu m'offrais un peu de ce rhum pour fêter nos retrouvailles ?

Le pêcheur, rassuré, nous prépare deux nouveaux punchs.

– Fameux, dit grand-père avec un sourire ravi. Je vois avec plaisir que, toi aussi, tu prends goût aux boissons fortes.

Son numéro de revenant satisfait est insupportable.

– Tu pourrais m'expliquer…

– Vois-tu, votre idée de me tuer m'est venue avant vous. Voilà un moment que je voulais lâcher l'entreprise et partir avec Marie-Anne, dans des lieux paisibles et tièdes, couler agréablement les quelques années qui me restent à vivre. À mon âge, il est rare d'avoir près de soi une compagne aimante et belle. Les moments passés avec elle sont devenus plus importants pour moi que ceux que je consacre à l'entreprise, mais elle continue à me dévorer malgré moi. Il était urgent de la quitter, de fuir et de laisser à la tendresse le soin de remplir mes journées qui en ont beaucoup manqué. Mais ma chère famille ne se laisserait pas si facilement abandonner, je pouvais lui faire confiance pour me harceler jusqu'au cœur de l'océan Indien. Je l'ai assez supportée, aidée, nourrie, je ne voulais plus en entendre parler.

Il se tait un instant avant de reprendre, d'un ton narquois :

– Le plus simple était donc de mourir, et pour être certain que vous prendriez ma mort au sérieux, que vous en soyez les artisans. Ce ne fut pas très compliqué. J'ai d'abord simulé des crises cardiaques, pour vous donner des idées. Puis j'ai lancé la rumeur de la vente à Petrossian. Après mon anniversaire, je savais l'affaire programmée…

– Tu nous espionnais ?

– Depuis un moment. Je devais m'adapter à vos plans. Pour vous conduire à la bonne décision, je me suis montré particulièrement odieux le jour de mon anniversaire, surtout avec toi. J'ai eu un peu de mal à jouer ce numéro, d'ailleurs, mais il le fallait. Toi seul étais capable de m'exécuter. Les autres sont trop lâches pour prendre un tel risque. Une fois la machine en route, le reste était une affaire d'organisation. Il suffisait de quelques détectives et de micros bien placés pour connaître les détails du complot et monter mon propre scénario avec Lomond et Marie-Anne.

– Ils sont au courant ?

– Contre vous tous, il me fallait quelques alliés. J'ai fait changer le contenu du flacon de François, j'ai bu ton whisky et j'ai simulé tous les symptômes d'une crise aiguë. Comme prévu, Lomond est venu constater mon décès, et Marie-Anne a organisé mes obsèques. Après, il n'y avait plus qu'à vous rapporter une urne pleine de cendres de bois de chauffage.

– Mais Lécuyer a enquêté sur ta disparition ?

– Lécuyer est un privé, à ma solde. Ses questions avaient seulement pour but de vous confirmer que vous aviez réussi.

C'est ainsi que grand-père a sciemment fait de moi un assassin. Car, même s'il n'est pas mort, il m'a poussé à le tuer.

– Pourquoi un tel machiavélisme ? De toute façon, maintenant, les autres vont hériter de ta fortune.

– C'est ce qu'ils croient. Après-demain ils déchanteront. D'abord j'ai quand même vendu quelques parts à Petrossian pour nous assurer, à Marie-Anne et moi, une existence confortable. Le reste, il faudra qu'ils continuent à en quémander des miettes. Certes ils posséderont les actions qu'ils guignent depuis toujours, mais, avec le pacte d'actionnaires que j'ai mis en place ils ne pourront rien vendre pendant dix ans sauf à l'un d'entre eux qui n'a pas un sou pour racheter, et sous réserve de l'autorisation du nouveau président qui, lui, gardera la main haute sur l'entreprise. Je n'allais pas offrir le travail de ma vie aux appétits d'une bande d'incapables.

– Tu as pu nommer un président avant de mourir ?

– En réunion extraordinaire du conseil d'administration, confirmé par mon testament. Il est propriétaire de vingt-huit pour cent des actions, sa part, et assuré du soutien inconditionnel des vingt-quatre pour cent entre les mains de Petrossian. Le seul maître à bord. Toi.

– Moi ?

– C'est mon cadeau de Noël pour te remercier de m'avoir éliminé. Et réparer un long malentendu : je n'ai jamais refusé cette voiture à ta mère il y a dix-huit ans. C'est une fable montée par Bella pour te garder dans leur camp, que j'ai découverte en vous espionnant. J'aimais beaucoup ta mère, elle seule avait le courage de me tenir tête. Quand elle m'a demandé mon aide, j'ai protesté pour la forme, mais je lui ai donné l'argent. Je n'allais pas la laisser se trimballer plus longtemps dans son tas de ferraille. Tes parents sont repartis tout contents, trop contents, ils roulaient trop vite, tu connais la suite. Aujourd'hui je t'offre la place que ta mère aurait peut-être occupée. Tu es le seul capable de prendre cette affaire en mains.

– Et si je refuse ?

– La société passera sous le contrôle de Petrossian et tu seras réduit au rôle d'actionnaire passif, comme les autres. J'espère que ce ne sera pas ton choix, car tu as la carrure d'un chef d'entreprise, tu en possèdes le sang-froid, la détermination et l'habileté. Certes, tu es jeune, mais Petrossian sera ton allié. Pendant cinq ans, il te servira de mentor, c'est réglé avec lui. Il est plein d'idées et fiable. Écoute-le, tires-en des leçons, mais n'oublie pas que tu es le patron.

Du grand-père pur jus ! Il m'a conduit exactement où il voulait. Il ne sait pas que je me suis ménagé une autre porte de sortie.

– Et si tu choisis de te consacrer à la musique, dit grand-père en caressant mon saxophone, je ne t'en voudrai pas.

– Tu sais ça aussi ?

– Je t'ai dit que j'avais des yeux partout. Et maintenant, si nous attaquions cette langouste dont le fumet me chatouille les narines ?

Quand nous sommes repartis deux heures plus tard, sous les étoiles, j'étais incapable de savoir ce que j'allais décider : vivre modestement mais librement mon envie de musique, ou reprendre l'œuvre de grand-père et tenir à ma merci, jusqu'à la fin de leur vie, ceux qui m'ont poussé à devenir un assassin. Il me faudra plusieurs nuits de solitude pour trancher.

LETTRES AU PÈRE NOËL

STÉPHANE DANIEL

Vendredi 20 décembre

Cher papa,

Maman est encore au téléphone ! Elle parle à tous ses amis du réveillon qui approche. Elle cherche à nous faire inviter, comme d'habitude, mais les gens se réunissent plutôt en famille. Ça ne me gênerait pas qu'on le passe juste toutes les deux à la maison. Maman nous servirait un morceau de charbon dans un plat doré et me demanderait, comme il y a trois ans : « Chérie, que penses-tu de ma dinde ? » Elle était tellement réussie celle-là que je l'ai prise en photo. Elle est dans mon album, mélangée à la série avec le père Noël d'en face. De les regarder, ça me rappelle l'époque où je croyais qu'il existait. Mais j'ai déjà dû te le raconter, je me répète. Si tu étais devant moi, tu aurais souri et j'aurais compris. Mais par écrit, ce n'est pas pareil. J'espère que tu vas bien et que je te verrai bientôt.

À demain. Je t'embrasse.

Fanny

– Un petit café, Noël ?

Il se retourne. Dans l'épaisse nuit de décembre, Sabrina trône sous son dais farci de lampions. Elle a sorti le thermos et profité d'un creux dans la vague des promeneurs pour remplir le couvercle en plastique. Elle le tient serré entre ses mitaines d'où s'échappe une fumée odorante.

– Je veux bien, dit-il en s'approchant de l'étalage.

Le gobelet change de main. Elle sourit en le voyant tirer sur sa barbe blanche pour porter le café à ses lèvres.

– Fait pas chaud, ce soir, hein ?

– C'est rarement la canicule quand je bosse, admet-il entre deux gorgées. Et l'inactivité n'arrange rien.

Lorsqu'il l'a vidé, il lui tend le gobelet pardessus le peuple de montres sur lequel elle règne. Étalées sur un drap mauve, elles attendent le poignet qui les emportera contre la modique somme de quinze euros la pièce, vingt-cinq les deux, quarante-cinq les quatre, offre spéciale familles nombreuses.

Depuis sept ans, à chaque fin d'année, Noël Penmarch est bercé par le boniment de sa voisine. Ils sont installés devant les Galeries Lafayette du boulevard Haussmann, près de la bouche de métro, elle en parka bourré de duvet d'oie et bonnet marine, lui en houppelande et bonnet à pompon. Un père Noël parmi tant d'autres, doté d'un prénom prédestiné et protégé par un statut d'intermittent du spectacle avec, à la clé, très peu de spectacle et une intermittence qui lui prendrait presque une année entière s'il ne comblait le ravin entre deux réveillons par un emploi régulier d'éclairagiste au théâtre des Nouveautés, boulevard Poissonnière. Il reste dans le quartier. Pas par hasard.

Ils sont une bonne vingtaine comme lui sur les trottoirs des grands magasins, plantés devant les vitrines qui attirent chaque année une foule nombreuse pressée d'admirer les animations offertes par les pantins articulés. Tous les trente mètres, un complice photographe propose aux bambins de poser en compagnie du père Noël. Ce dernier touche un fixe sur le prix du cliché, ce qui rapporte à Noël, les bons soirs, entre deux cents et deux cent cinquante euros. Cette année, les photographes ont augmenté leurs tarifs, mais la rétribution des pères Noël n'a pas bougé. Alors ils ont décidé de faire une grève surprise, et de manifester. La plus petite manif du monde, vingt bonshommes rouges regroupés en collectif lapon autour d'une pancarte proclamant que les pères Noël, on ne leur fait pas de cadeau ! Assez ! Les enfants ouvrent de grands yeux devant ce rassemblement saugrenu et cherchent auprès de leurs parents dépassés une explication rationnelle à ce clonage inattendu.

La troupe est emmenée par Louis Girard, leur doyen. En dehors des périodes de fêtes, il travaille au zoo de Vincennes où il nourrit une horde de quadrupèdes végétariens en les appelant par leurs petits noms.

Noël rejoint ses frères manifestants en traînant les pieds. C'est un solidaire en manque de motivation. Il ne reprend même pas les slogans isolés qui sont comme assourdis par la fumée blanche des haleines. Son regard reste fixé sur la fenêtre du premier étage en face. Une seule pensée le préoccupe : « Pourvu qu'elle ne vienne pas ce soir, mais demain, oui demain, quand tout sera rentré dans l'ordre. »

Une sirène interrompt sa rêverie. Plutôt une alarme qui mugit du côté de Havre-Caumartin. Quelques minutes plus tard, c'est un attelage curieux qui attire son attention : deux motards juchés sur une petite cylindrée remontant le trottoir de la rue Glück, juste en face de sa position. Ils stoppent en catastrophe et abandonnent leur engin sans même prendre la peine de poser la béquille. Le passager ouvre un sac à dos et en extrait deux tenues de père Noël qu'ils enfilent en vitesse en cherchant à s'abriter des regards sous le porche d'une entrée d'immeuble. La moto repose en équilibre instable contre la façade lorsqu'ils traversent le boulevard dans sa direction.

Sans doute des retardataires du mouvement de protestation, se dit Noël. Il secoue la tête. Qu'on se montre aussi acharné à grossir les rangs d'une si maigrelette démonstration de force syndicale le laisse perplexe. Avalées par la foule, leurs silhouettes disparaissent. Noël est distrait par l'arrivée d'un représentant de la direction des Galeries. Il vient parlementer, outré par le déballage à ses portes de « revendications tellement déplacées en pareil moment ». Les manifestants se regroupent autour de lui.

– Vous pensez un peu aux enfants qui vous regardent ? les sermonne-t-il. Et la magie de Noël, vous en faites quoi ?

Louis, le doyen, s'avance vers lui. C'est un père Noël XXL, sa barbe chatouille le front de son interlocuteur.

– On échange nos fiches de paie, le magicien ? propose-t-il aussitôt.

Avant que cette conversation ait le temps de prendre davantage de hauteur, elle est brouillée par l'agitation qui envahit soudain le boulevard. Des berlines de police, toutes sirènes hurlantes, pilent en travers de la chaussée, libérant des lots de civils portant brassards qui convergent droit sur eux.

– Il nous envoie les flics, le salopard ! hurle Louis en empoignant le délégué patronal par le revers de sa veste en tweed.

Celui-ci s'égosille.

– Ce n'est pas moi, je vous jure ! Lâchez-moi, espèce de brute !

Noël sent qu'on lui frôle le dos. Il tourne la tête et voit s'éloigner deux pompons immaculés qui sentent le costume neuf à plein nez. Il reconnaît les deux motards. Le premier croise son regard, longuement, les gyrophares allument et éteignent ses yeux froids. Le contact se rompt, les hommes se concertent et fendent lentement l'attroupement créé par l'événement. Deux lieutenants les repèrent.

– Là ! crient-ils soudain avant de se caler dans leur sillage.

Les fuyards bousculent alors les malheureux qui les entourent pour se ménager un passage. Gênés par leurs costumes, ils ne vont pas loin. Les lieutenants les rattrapent au milieu du boulevard et les plaquent au sol. Une minute plus tard, menottes aux poignets, et accompagnés par les murmures d'une foule ravie de s'être trouvée aux premières loges, ils sont embarqués sans ménagement.

– Pourquoi qu'y vont en prison les pères Noël ? demande une petite fille près de Noël.

– Peut-être parce qu'ils ont mal garé leurs traîneaux, chérie, répond sa mère inspirée.

Cette voix fluette efface en Noël la sale impression laissée par les deux hommes. Son regard se pose à nouveau sur la fenêtre en face. Les rideaux sont écartés et quelqu'un regarde la rue.

Les mains dans les poches de son manteau, une brusque lassitude le cueille à froid. Près de l'étalage de Sabrina, Louis époussette le costume fripé du délégué en bafouillant des excuses, le flot des voitures s'ébranle au pas sur la chaussée, les klaxons ponctuent les saccades du trafic. Elle ne viendra pas ce soir. Autant rentrer.

Il adresse un salut discret à Sabrina, s'écarte du groupe et marche en direction de Bonne-Nouvelle.

Il habite un studio niché au dernier étage du 5 boulevard Poissonnière. La porte-fenêtre donne sur un balcon rachitique où une jacinthe tente depuis plusieurs semaines de durer sans tousser. Beaucoup de circulation en bas, du bruit, des odeurs d'échappement, c'est presque toujours fermé. Un double vitrage préserve un calme trompeur.

Noël enlève son déguisement – hotte, manteau, bonnet, barbe – et le jette sur son lit. Il branche la radio et passe derrière le comptoir de son coin cuisine pour préparer deux œufs au plat. France-Info meuble le silence : « Noël au balcon, Pâques au violon ! Deux hommes suspectés d'être les auteurs du casse d'une bijouterie du boulevard Haussmann viennent d'être appréhendés par la police près du lieu de leurs exploits. Ils auraient brisé la vitrine à l'aide d'une masse qu'on a retrouvée sur place, et raflé pour environ soixante-dix mille euros de montres, colliers et bracelets de valeur avant de s'enfuir à moto. Rapidement repérés, et ayant manifestement prévu cette éventualité, ils ont préféré se déguiser en pères Noël et intégrer une manifestation de barbus à manteaux rouges devant les grands magasins du boulevard pour échapper aux poursuites. Un vigile en faction devant une banque toute proche aurait assisté à la séance d'habillage express et prévenu les forces de l'ordre qui n'ont eu aucun mal à les arrêter. Le butin n'aurait pas été retrouvé. »

L'huile crépite au fond de la poêle. Noël casse ses œufs et les regarde au fond du jaune. Pendant qu'ils cuisent, il éteint la radio et allume la télé posée en face du lit sur un bureau ; près d'un cliché de Photomaton perdu dans un cadre trop grand pour lui, deux visages rieurs. Un dandy cravaté présente à l'écran une météo pessimiste. Les œufs dans une assiette et un morceau de pain en main, il s'assoit sur le lit sans prendre la peine de repousser son costume. Et se relève aussitôt, les fesses meurtries. Il pose son assiette par terre et soulève son manteau rouge étalé près de la hotte renversée. Son front se plisse. Dessous, il y a un sac de toile souple fermé par une cordelette. Il défait le nœud et en vide le contenu.

Son cœur s'arrête de battre un moment.

Samedi 21 décembre

Cher papa,

Le programme est fixé pour le réveillon. Nous allons chez tonton Charles rue du Quatre-Septembre. Petit comité. Je trouve ça un peu triste, c'est avec toi, pas avec son frère, que maman devrait se retrouver, mais c'est la vie. Personne ne sait où tu es en ce moment, la ville, le pays. Est-ce un pays avec des sapins ? Une région où il fait chaud ? Dans ce cas, tu as de la chance car ici, c'est carrément le pôle Nord. Tout à l'heure, j'irai retrouver mon père Noël. Quand je te reverrai, je te montrerai ma collection de photos. Avec celle-là, ça fera sept. En les regardant, tu me verras grandir en accéléré. Je t'en ferai cadeau. J'attends toujours de tes nouvelles. Je suis patiente.

Je t'embrasse.

Fanny

– Maman ! Photo !

Le môme engoncé dans son anorak offre à la ronde une tête rubiconde. Son index potelé est presque posé sur le manteau de Noël, il le désigne à bout portant.

– D'accord, mon ange.

Noël s'assoit sur une chaise et hisse le garçon sur ses genoux tandis que la mère se poste face à son enfant, près de Martial qui a déjà armé son Minolta.

– Ouistiti ! Avec moi, mon costaud : ouistiti !

– Ouistiti ! exulte le petit avant que le flash ne l'aveugle.

Noël est tellement ailleurs qu'il se demande s'il apparaîtra sur la photo. On se bouscule sur les trottoirs du boulevard où deux files se sont créées. Les vitrines sont prises d'assaut, c'est la cohue. Derrière lui, Sabrina débite son discours en pilotage automatique, inlassablement. Elle est très forte au contre la montre. Le petit garçon descend et retrouve les bras de sa mère, Martial leur indique l'endroit où les photos seront exposées dès le lendemain. Noël ébauche quelques pas maladroits. Au fond de ses yeux dansent des reflets dorés et des éclats de gemmes.

Il se repasse l'épisode de la veille en boucle. Les deux hommes ont profité de l'attroupement pour glisser le sac de bijoux dans sa hotte. Avec l'intention de le récupérer, évidemment, mais quand ? Combien de temps les flics les garderont-ils ? Ils n'avaient rien sur eux au moment de leur arrestation, personne ne pourra les identifier, il serait prêt à le parier. Dès la fin de leur garde à vue, ils lui rendront visite. La seule chose qu'il demande, c'est qu'on lui laisse cette soirée. Celle-là, il ne peut pas la manquer.

Il se redresse soudain. En face, la porte d'entrée s'ouvre. Sa gorge se serre. C'est elle.

Il jette des regards paniqués autour de lui. Pas question qu'un autre enfant le sollicite, il doit rester libre pour elle. S'occuper, le temps qu'elle traverse.

Il recule jusqu'au comptoir de Sabrina et s'agenouille pour explorer sa hotte, l'air concentré. Du coin de l'œil il la suit. Elle zigzague maintenant parmi les voitures. Il doit déployer des efforts surhumains pour ne pas lui crier de faire attention. Elle est seule. L'année dernière déjà elle était seule. Elle a grandi. Sa mère ne l'accompagne plus. Marie.

Vite il regagne son poste. Elle l'a repéré et lui sourit.

– Une photo, mademoiselle ? demande-t-il.

Elle se campe devant lui, les mains dans le dos.

– Comme d'habitude ! répond-elle.

– Comme d'habitude ? Nous nous sommes déjà rencontrés ?

Elle éclate de rire, il la mange des yeux, essaye d'imprimer l'arc de ses sourcils, le dessin de ses fossettes, il est tout près aujourd'hui, et tellement heureux qu'il en a presque mal.

– Vous me posez la question chaque année ! le reprend-elle. Vous n'avez pas la mémoire des visages !

– Vous savez, des visages, il en défile...

Elle se rapproche et se place contre son épaule. Elle est trop grande pour grimper sur ses genoux. Martial est déjà en position. « Prends ton temps, imbécile ! brûle-t-il de lui lancer, tu ne sais pas ce qu'ils valent pour moi, ces instants-là. » Martial leur épargne le ouistiti de rigueur, le flash les illumine, elle s'écarte, c'est déjà fini.

– Merci ! dit-elle en s'inclinant légèrement, prête à s'esquiver.

– Je peux vous poser une question ?

La retenir encore un peu.

– Pourquoi vous faites tous les ans la même photo ? Je veux dire, avec moi... Il y en a d'autres, des pères Noël... Et même, vous ne devez plus y croire beaucoup...

– C'est pour offrir.

Il fronce les sourcils, perplexe. Elle précise.

– Je la mets de côté pour quelqu'un qui ne me voit pas souvent. Il me regarde grandir dessus. Et puis c'est vous parce que vous êtes juste en face de chez moi et que... enfin, je trouve que vous êtes gentil...

– Ah...

Elle est déjà au bord du trottoir, un pied sur la chaussée, comme si elle goûtait la circulation avant de se décider à plonger dedans. Elle se retourne.

– Vous faites quoi pour le réveillon ?...

Puis elle éclate de rire en posant sa main sur sa bouche, consciente de l'incongruité de sa question.

– ... À part distribuer des cadeaux, je veux dire...

– Rien de spécial.

– Dommage. Moi, je vais chez mon oncle. Il habite juste à côté. J'aurai une pensée pour vous. Au revoir et joyeux Noël ! À l'année prochaine, peut-être.

– Peut-être... lâche-t-il en agitant doucement la main.

Deux minutes plus tard, de l'autre côté du boulevard, la porte de l'immeuble se referme sur elle.

❄

– Un café, Noël ?

– Non merci.

Sabrina a vu que Noël ne tenait pas la forme mais, les soirs d'affluence, on ne quitte pas son poste. Il se tient raide, les bras ballants, le visage battu par les rafales de vent glacé. Les yeux fermés, il essaye de souffler sur l'image de Fanny comme sur une braise sur le point de s'éteindre. Et tout remonte...

C'était il y a plus de douze ans. Il avait rencontré Marie au bal du 14 juillet de la place Gambetta, dans le XXe arrondissement. Ils s'étaient plu. Avaient dévalé les marches du métro pour trouver une cabine de Photomaton où se serrer joue contre joue. La machine leur avait livré un sourire à deux têtes. Il avait vingt-deux ans et elle vingt-trois. Deux mois après, à la terrasse d'un café turc de Ménilmontant, elle lui avait annoncé qu'elle était enceinte.

À l'époque, son travail n'avait rien de spécialement officiel, ni de particulièrement légal ; il revendait du matériel HiFi qui avait une tendance certaine à tomber du camion de livraison dans son emballage d'origine et qui assurait des rentrées au jour le jour. Son horoscope avait beau lui promettre régulièrement des rencontres favorables et un afflux d'argent soudain, il savait qu'il roulait droit dans un mur et qu'un enfant sur le siège passager aurait fait désordre. Alors il s'était enfui. Lâcheté instinctive. Après moi le déluge.

Il avait déménagé, changé de téléphone, de quartier, de relations. Il avait mis sa honte sous plusieurs couches de plumes pour en étouffer les cris. Ce qui avait marché un temps. Puis, un beau matin, cet enfant inconnu qu'il avait porté pendant deux ans sans le savoir était né pour lui, creusant un grand trou dans son existence.

Marie, elle, n'avait cessé de briller dans un recoin de sa tête comme une petite lumière. Alors, frénétiquement, des mois durant, il s'était mis à leur recherche, écumant le XXe, les lieux qu'ils avaient fréquentés ensemble, mû par l'espoir insensé de réparer ses erreurs, d'effacer ces années perdues comme on passe un chiffon sur une ardoise magique. En vain. Brisé, il avait tiré un trait sur ses activités parallèles en trouvant un emploi stable dans un théâtre. Et tenté de survivre à ses regrets. Les Galeries Lafayette embauchant des pères Noël pour la période des fêtes, il s'était inscrit, histoire de s'offrir un treizième mois. C'est là qu'une veille de réveillon, sur le boulevard, il les avait retrouvées.

Elles avaient surgi d'un porche et traversé la rue dans sa direction, Marie, reconnue sans peine, toujours aussi jolie, presque aussi jeune qu'avant, et cette petite fille qu'elle tenait par la main. Il n'avait pas prononcé une parole pendant la séance photo, observant Marie à la dérobée. Elle était vêtue d'un manteau chic et jetait de fréquents coups d'œil à sa montre.

Quant à Fanny – sa mère l'avait appelée par son nom au moment où Martial l'installait sur ses genoux –, elle avait plongé ses yeux noirs dans les siens et avancé sa main vers sa barbe pour en éprouver la souplesse. Il avait cueilli cette main dans la sienne et l'avait repoussée avec d'infinies précautions.

Elles étaient reparties aussitôt. Noël les avait revues le lendemain, alors qu'elles venaient récupérer la photo. Martial lui en avait conservé un tirage. Il les avait observées de loin, sans oser approcher. Car entre-temps, la honte dont il croyait s'être débarrassé était revenue, plus forte et plus paralysante que jamais. Que leur aurait-il dit ? Qu'avait-il comme excuses à présenter ? Il n'avait pas une situation reluisante, pas d'argent, habitait dans un studio minuscule et personne n'aurait pu constater, en regardant son visage durci par le froid d'hiver, qu'il avait changé à l'intérieur.

Parfois il les croisait dans la rue en dehors des périodes de Noël. Il se cachait derrière les abribus, les cabines téléphoniques, se précipitait sous un porche en remontant le col de sa veste. Marie l'avait sans doute effacé de sa mémoire mais il ne voulait pas courir de risque. Et puis chaque année Fanny revenait se faire prendre en photo avec son père Noël attitré.

Les années avaient passé ainsi, dans une lente digestion du désastre. Chez lui, les photos accrochées au mur permettaient de les compter. Il n'espérait rien d'autre de l'avenir que ces rares moments volés, sinon, sans se l'avouer, un coup de pouce du destin.

Et cela venait d'arriver.

– Eh ! Papa Noël ! Tu descends du ciel ?

Il ouvre les yeux. Deux trognes grimaçantes lui font face. Celle de droite, cheveux rasés, sourcils épais, lui rappelle un mauvais souvenir. Il avait vu juste, les flics n'ont pas réuni assez d'éléments pour les garder. Saleté de bonne intuition !

– Que puis-je pour vous ? parvient-il pourtant à demander.

L'homme de droite ne sourit que d'un côté.

– Que tu n'oublies pas mon petit soulier.

L'autre apprécie l'humour subtil de son complice, il ricane sur pied en tressautant des épaules.

– Je ne comprends pas.

Les sourires disparaissent instantanément.

– Je n'ai pas de temps à perdre, reprend le premier. Tu as une minute pour me rendre le sac. Pas deux, papa, une !

Noël hésite. Nier ne le mènera nulle part. Ils ne le lâcheront pas. Il faut gagner du temps.

– Je ne l'ai pas.

Les deux visages se rapprochent. Noël sent leurs haleines lui fouetter les narines. Il recule son visage et ajoute :

– Il est chez moi.

– Eh bien on va aller le chercher tous les trois, tranquilles !

– Je ne peux pas quitter le magasin maintenant.

– Mais si, tu peux ! Il te suffit de poser tes frusques par terre, de faire un pas, puis un autre, le tout dans la bonne direction.

– Messieurs !

Ils se retournent dans un même mouvement. Le visage de Sabrina, qui a noté l'attitude menaçante des deux inconnus, exprime de l'inquiétude. Elle a crié. Noël en profite. D'une bourrade, il déséquilibre les braqueurs et fonce à l'intérieur du magasin. Il se faufile entre les clients qui embouteillent les caisses, emprunte l'escalator jusqu'au premier et, sans se retourner, rejoint au pas de course un local réservé au personnel. Là, il se déshabille, bourre son costume dans un sac en plastique et gagne une sortie de service qui le rejette rue de la Chaussée d'Antin, essoufflé. Dix minutes plus tard, il pénètre dans son studio et s'allonge sur le lit, la tête en feu.

Dimanche 22 décembre

Cher papa,

Ils annoncent une tempête de neige sur Paris. J'ai hâte de voir ça. Les tempêtes ont ça de bien qu'elles vident les rues des voitures. Et comme on ira au réveillon à pied avec maman, ça m'arrange plutôt.

Hier, j'ai fait ma photo. Je l'ai récupérée tout à l'heure et rangée avec les autres. Le père Noël m'a fait une drôle d'impression cette année. Il me regardait bizarrement, pas avec un regard qui fait peur, au contraire. J'ai même cru un moment qu'il allait se mettre à pleurer. Je l'aime bien, ce bonhomme. Je le vois une fois par an, mais j'ai l'impression de le connaître depuis toujours. Il m'a dit qu'il ne faisait rien le soir du réveillon. C'est triste un père Noël tout seul. Aujourd'hui, il n'est pas là. C'est la première fois qu'il abandonne son poste, devant la marchande de montres. Il est peut-être malade.

Et si tu revenais de voyage cette année ? Parce que tu es en voyage, n'est-ce pas ? C'est ce que m'a dit maman le jour où je lui ai demandé pourquoi je n'avais pas de papa. Elle s'en tient à cette version. Une autre fois, elle a ajouté qu'on avait peu de chances de te revoir. Je pense qu'elle se trompe. J'en suis sûre, même. Quand tu sonneras à la porte, je te donnerai toutes mes lettres d'un seul coup, avec les photos. En les lisant, tu apprendras tout ce que tu as besoin de savoir sur moi.

C'est Noël. Une période qui me rend nerveuse. Normal : on s'offre des cadeaux, et j'ai l'espoir chaque année de te retrouver au pied de mon sapin.

À bientôt.

Fanny

Par la fenêtre, Noël contemple les eaux noires. Quelques dizaines de mètres plus loin, il aperçoit le continent, une plage du Finistère massée par des vagues huileuses. Il est sur son île, déserte en son absence, artificiellement protégé du monde par une bande d'océan qui le sépare des hommes. Kemenez, une île comme un caillou, quelques dizaines de mètres du nord au sud, un peu plus d'est en ouest, avec, plantée dessus, une unique maison aux murs couverts d'un crépi mangé par le sel des embruns. Maison de famille, héritée de sa tante Ursule morte deux ans auparavant. Il s'y réfugie parfois quand il a besoin de se sentir vraiment seul au monde, de préférence à la belle saison, celle où il pleut moins. Pas de chauffage, excepté celui produit par une cheminée modeste.

Le matin même, il a pris le TGV jusqu'à Brest, puis le car pour Le Conquet. À l'embarcadère, il a sauté sur le pont du bateau de Loïc Plouvelin, un cousin pêcheur qui partait en mer, ce qui lui a évité de passer par l'île Molène. Il se sent à l'abri. Les affreux ne viendront pas le trouver là.

Il a obéi à une impulsion. Ici, c'est le bout du monde. Sur la table en bois marquée de coups de couteau, allumés par les flammes de l'âtre, les bijoux lui transpercent les yeux. Bracelets, montres, pendentifs, bagues, colliers, il n'a aucune idée de leur valeur, sinon qu'elle est grande. Voilà sa chance. Il trouvera bien parmi ses anciennes relations un revendeur capable de lui fourguer la marchandise. Avec l'argent, il s'achètera quelques vêtements. Être présentable l'aidera sûrement. Il les emmènera en voyage toutes les deux, l'argent, ça aide, ça ne fait pas tout mais ça aide, à proposer par exemple autre chose pour fêter des retrouvailles qu'un bonjour de revenant et une main calleuse avec rien dedans.

Il tire une chaise près de la cheminée et s'assoit face aux flammes. Son corps est coupé en deux, le chaud sur le visage, un froid humide dans le dos. Il examine sa situation en se forçant au calme. Et tout ce qu'il s'est fabriqué de fausses vérités part peu à peu en fumée.

Il n'est pas à l'abri. Sabrina connaît l'existence de cette maison. Les autres, ne le voyant pas devant les Galeries ce soir, ne manqueront pas de la cuisiner. Elle parlera. Ils rappliqueront et, pris au piège de son isolement, il ne donne pas cher de sa peau. Quant aux bijoux, ils sont volés. On n'efface pas la honte avec une honte nouvelle. Cela fait des années qu'il marche droit, il ne veut pas replonger, se salir les mains au moment de les tendre à Fanny.

Il faut rendre les bijoux.

Il se retourne et les contemple. Les rendre, les garder. Il ne sait plus. Il pousse un gémissement que couvre le ronflement des vagues au-dehors.

Et s'il en gardait deux, et rendait le reste ?

Il se redresse. Deux bijoux seulement. Les braqueurs ne les ont sans doute pas comptés. Il a deux cadeaux à faire pour Noël, c'est important, ses mains ne doivent pas rester vides, avec ça il se donne une chance. Deux cadeaux.

Son téléphone portable est posé près des bijoux. Il le saisit et compose le numéro de Sabrina. Il lui annonce une visite désagréable. Qu'elle ne fasse pas d'histoires et communique son adresse de Kemenez, non il n'y a rien à craindre, il lui racontera plus tard.

Il pose le téléphone et étale les bijoux sur la table. Il les prend en main, les soupèse un à un, imagine celui qui conviendra le mieux au cou de Fanny, au poignet de Marie, change d'avis plusieurs fois. Son choix se porte sur une chaînette avec rubis pour la petite et un bracelet serti de diamants pour sa mère. Il déniche au fond d'une armoire un reste de papier cadeau avec lequel il confectionne deux paquets rudimentaires tenus par de la ficelle. Il range le tout dans une boîte à chaussures qu'il bourre de papier journal avant de la fermer avec du scotch.

Il repasse un coup de téléphone chez les Plouvelin. Marianne, sa cousine, l'informe que Loïc devrait croiser près de Kemenez dans la soirée. Elle peut le contacter par radio s'il veut qu'il le récupère au passage. Cela réglé, il retourne s'asseoir près de la cheminée. Il nourrit le feu de deux bûches supplémentaires et regarde les flammes en lécher les flancs avec gourmandise. Reste un détail à régler.

Dans l'un des tiroirs de la table, il pêche un bloc de correspondance et commence la lettre qu'il compte laisser à ses futurs visiteurs, près du sac de toile contenant les bijoux. En quelques phrases il leur dit qu'il a réfléchi, qu'il ne se sent pas de taille à lutter et qu'il leur restitue leur bien en les priant de l'oublier ensuite. Écriture malhabile de celui qui panique, phrases lapidaires, ils doivent absolument y croire.

Puis il attend Loïc.

Le temps se gâte dehors. Le vent s'est levé, et un souffle de glace balaie les terres du Finistère. Les deux hommes ne seront pas sur place avant le lendemain, ils vont se croiser, tant mieux, Noël a besoin d'un délai, d'une journée supplémentaire. Bientôt il effacera des années d'errance, se présentera à sa fille, et même si on doit le rejeter, il prononcera ces mots qu'il répète dans le vide de son studio depuis tellement de temps, des mots tout simples, je suis ton père, ou encore pardonne-moi.

Les bûches crépitent, projetant des flammèches à ses pieds. Les deux hommes ne le croiront jamais. Il le comprend brutalement. Jamais. Ils ne le laisseront pas s'en tirer à si bon compte. Il peut témoigner contre eux. Quoi qu'il fasse des bijoux, il restera sur leur liste noire.

Mardi 24 décembre

Cher papa,

Ce soir, réveillon ! Paris est bloqué par la tempête qui se déchaîne depuis ce matin. Des trombes de neige, comme si on avait pris un de ces Paris en bocal qu'on trouve chez les marchands de souvenirs et qu'une main géante l'ait secoué, avec nous à l'intérieur. Les rues sont quasiment désertes.

Je n'ai pas pu t'écrire hier parce qu'il a fallu que je trouve un cadeau pour maman. Je m'y prends toujours en retard. Je suis allée en face. En passant, j'ai demandé à la vendeuse de montres où était passé mon père Noël préféré. Elle m'a répondu que décidément, tout le monde en avait après lui en ce moment ! Je n'ai rien compris. Elle ne savait pas où il était parti. Il manque au paysage. J'espère le revoir bientôt.

Je ne m'attarde pas trop, je dois faire mon paquet avant que maman rentre de courses.

Je me sens fébrile, comme tous les ans. Quelle idée, aussi, de s'appeler Noël !

Je t'embrasse.

Fanny

Le feu passe au vert. Noël claque la langue, deux fois, c'est le signal. Olaf se dandine en cadence, ses bois fièrement dressés sous les rafales qui affolent les flocons tombant depuis le matin sur la capitale.

Son étrange équipage est passé porte de Vincennes, puis place de la Nation transformée en place du Kremlin et glisse maintenant sur le boulevard Saint-Martin. Derrière lui, plusieurs véhicules ont dérapé en quittant la place de la République et se sont transformés en sculpture à la César, bouchant cette artère désormais livrée à un étonnant silence que déchire en sourdine le frottement de ses patins sur la poudreuse. Débordés, les véhicules de la voirie ont abandonné cette portion de Paris à l'hiver déchaîné. Trottoirs et rues sont envahis de marcheurs en tenues de gala, les bras chargés de sacs débordant de cadeaux. Sur son traîneau, Noël ne passe pas inaperçu.

Louis a accepté de sortir Olaf du zoo. Le vieux renne n'a pas eu l'air de s'opposer à la promenade.

– Tu ne le brusques pas, hein ? a supplié Louis en refermant la barrière réservée au service par où ils ont opéré une sortie discrète, deux heures plus tôt. Ce n'est pas une première main, pépère !

Noël a promis. Comme il a promis de rapporter l'ensemble avant minuit, traîneau compris, une antiquité remisée dans un local poussiéreux, vestige d'une parade sur la pelouse de Reuilly à l'occasion d'un carnaval organisé deux décennies plus tôt par la mairie. Louis l'attendrait, il était réquisitionné pour la circonstance.

Le convaincre n'avait pas été facile, mais quand un ami qui ne vous demande jamais rien vous supplie avec un tremblement dans la voix de lui rendre un service, vous finissez par céder.

Le traîneau va son chemin. Les enfants hurlent de joie à son approche, c'est le père Noël en personne qui conduit. Il y a même le tintement des clochettes à moitié attaquées par la rouille qui pendent en grappes sur les flancs du chariot.

Noël a posé un sapin derrière lui. Il l'a récupéré porte de Vincennes, encore dans son pot ; sans doute abandonné par des réveillonneurs au long cours qui n'avaient pas envie de balayer les épines à leur retour.

Il approche, la gorge serrée. Les vitrines des grands magasins jettent des lueurs colorées sur la neige. Des passants sur les trottoirs lancent des éclats de voix dans le silence comme des cailloux sur une vitre. Il range le traîneau en double file devant chez Fanny et pose les rênes à côté de lui.

Voilà. Il est tôt, sans doute se préparent-elles encore. Il met pied à terre, dissimule ses deux cadeaux sous les branches du sapin et regagne sa place de cocher. Son regard s'attarde sur les véhicules à l'arrêt le long des magasins, parvenus là avant la paralysie générale. Certains sont occupés, leurs essuie-glaces chassent à intervalles réguliers la neige accumulée sur les pare-brise.

Il patiente en frottant ses mains gantées sur ses cuisses. Le froid ne le gêne pas, c'est à peine s'il le sent, il a juste besoin de bouger, ça le calme.

Il va rencontrer sa fille. Il mesure l'importance qu'elle a prise dans sa vie. Parfois, occupé à autre chose, il pensait ne pas y penser, mais il se trompait. Celles qui semblaient consacrées à autre chose n'étaient que des pensées camouflées. Des trompe-l'œil.

Bruit de clenche électrique sur sa gauche. Il tourne la tête. Fanny débouche la première sur le trottoir et se fige en découvrant le traîneau.

– Maman, regarde !

Elle prend sa mère par la main et l'entraîne. En approchant, elle reconnaît celui qui les attend.

– Bonsoir ! Qu'est-ce que vous faites là ? Je croyais que vous aviez disparu ?

– Je suis revenu, souffle-t-il.

Il n'ose pas les regarder en face, tripote ses rênes. Fanny contourne le traîneau et caresse l'encolure d'Olaf.

– Qu'il est beau ! dit-elle.

– J'avais pensé que… Ça vous plairait que je vous dépose à votre réveillon ? reprend-il d'une voix raffermie.

– Vous êtes le père Noël du magasin, n'est-ce pas ? demande Marie qui s'est avancée à son tour. Celui des photos ?

– Oui. Vous pouvez monter si vous voulez.

Marie semble hésiter, mais sa fille décide pour elle.

– Allez, maman, on y va ! Ce n'est pas loin !

Et elle grimpe dans le traîneau. Sa mère la suit. Noël émet un bruit de baiser qu'Olaf interprète aussitôt comme un signal de départ.

Le sang bat à ses tempes, il a l'impression qu'une main énorme lui emprisonne le crâne et serre sans relâche. Il se racle la gorge et gonfle ses poumons d'air glacé. Le cortège remonte lentement le boulevard.

– À gauche rue Scribe, puis encore à gauche, vers la place de l'Opéra, ordonne Fanny d'un ton enjoué.

– Bien mademoiselle.

Avant qu'il ait pu exécuter la première consigne, le regard de Noël accroche deux silhouettes râblées qui tournent au coin de la rue de Mogador. Elles progressent de front et marquent un arrêt en l'apercevant.

– Il y a un cadeau pour vous au pied du sapin, dit Noël à ses passagères sans quitter les deux hommes des yeux.

– Pour nous ? demande Fanny.

– Oui. Un pour chacune.

Là-bas, ils se regardent et commencent à traverser la place Diaghilev d'une foulée franche. Ils ont parcouru la moitié du chemin quand les portières de deux voitures à l'arrêt devant les magasins s'ouvrent en même temps.

Une poignée de lieutenants en surgit. Ils se déploient calmement en demi-cercle autour de la place. Au milieu, les deux hommes se pétrifient. Ils font volte-face, mais un autre groupe les a pris à revers par la rue de Mogador. Alors ils semblent capituler et restent immobiles, laissant la neige se poser doucement sur leurs cheveux.

Noël ne les regarde déjà plus. Derrière, sa vie se joue. Ses pensées virevoltent. Les flics vont les emmener, très bien. Par chance, tout s'est passé comme il l'avait espéré. Il a déposé anonymement dans l'après-midi la boîte à chaussures au commissariat du IXe, accompagnée d'une lettre à l'attention d'un gradé : les deux auteurs du casse de la bijouterie commis le 20 décembre se trouveraient devant les Galeries Lafayette le soir même. Il leur suffisait de vérifier l'origine des deux pièces dans la boîte pour se convaincre qu'il ne s'agissait pas d'une plaisanterie. S'ils se déplaçaient à l'adresse indiquée, les flics auraient de bonnes chances de récupérer sur les suspects déjà relâchés le reste du butin.

À Kemenez, une autre lettre attendait les casseurs ce matin, dont le texte avait été modifié avant de quitter l'île. Noël laissait le sac, mais précisait qu'il gardait un bracelet et un pendentif pour les ennuis occasionnés. Il était sûr qu'ils essaieraient de les récupérer. Le seul endroit où ils étaient susceptibles de le retrouver, c'était ici même. Ils avaient honoré le rendez-vous. Les flics remonteraient certainement jusqu'à lui, mais il saurait leur prouver sa bonne foi. Il verrait ça plus tard.

– Que se passe-t-il ? s'inquiète Fanny en constatant l'agitation qui règne sur la place.

– Rien, des petits voleurs, je présume.

Elles n'ont pas encore ouvert leur paquet. Il ne se retournera pas. Il ne peut pas. Impossible. Le bruit des papiers qu'on arrache. Puis un silence qui lui glace le cœur. Le poids de la neige. Pour Marie il y a le Photomaton, tout abîmé, corné, jauni, et pour Fanny les doubles des clichés de Martial. Avec un petit mot.

Fanny,

Je ne sais pas faire des cadeaux. Je te donne juste tout ce que j'ai.

Ton père, Noël

Il ne se retournera pas. Au-dessus de ses forces. Trop difficile.

Noël se retourne.

TABLE DES MATIÈRES

LES AUTEURS

Originaire de Bretagne, **Évelyne Brisou-Pellen** vit à Rennes avec sa famille après avoir passé sa petite enfance au Maroc. Elle poursuit des études de lettres afin de se consacrer à l'enseignement. Mais l'éducation de ses deux fils puis la découverte et la passion de l'écriture la détournent d'une carrière de professeur. Aujourd'hui elle n'en rencontre pas moins beaucoup d'enfants et d'adolescents dans les classes lors des nombreuses animations qui sont organisées autour de ses romans.

Publiée chez de nombreux éditeurs, elle a signé entre autres *À l'heure des chiens* et *La tribu de Celtill* chez Rageot.

Stéphane Daniel est né à Guipry en Bretagne. Quand il ne dort pas, il lit ou achète des livres qu'il n'aura jamais le temps de lire. Quand il ne lit pas, il écrit ou dresse la liste de tout ce qu'il n'aura jamais le temps d'écrire. Quand il n'écrit pas, il est instituteur à Paris ; il apprend à lire aux enfants, ce qui est une bonne façon pour lui de se fabriquer de futurs lecteurs. Qu'il espère bien ne pas endormir... grâce en particulier aux romans dont il a le secret comme *Avant qu'il soit trop tard, L'écrivain mystère* et *Un agent très secret* chez Rageot.

Sarah K. a vu le jour à Fès au Maroc, mais elle est parisienne depuis l'âge de deux ans. Après des études de philosophie, elle s'investit dans sa première passion : le théâtre. Suite à une formation et un passage au Conservatoire national d'art dramatique, elle adapte des pièces du répertoire classique avec une jeune troupe. Mais Sarah K. est aujourd'hui la proie d'une deuxième passion : l'écriture. Auteur de contes et de romans pour enfants et adultes, elle a notamment écrit pour Rageot « *Noël rouge* » dans *Deux reines du crime* pour la collection Magnum et *Tu te maries et moi j'aime* en Remake.

D'aussi loin qu'elle s'en souvienne, **Catherine Missonnier** a toujours inventé des histoires. Pour elle-même, puis pour ses amies de pension au lycée de Tananarive à Madagascar, enfin avec un plaisir renouvelé pour ses quatre enfants.

Ces histoires, elle n'a jamais pensé à les écrire, jusqu'à ce qu'en 1988, elle s'accorde une parenthèse dans sa vie familiale et professionnelle surchargée, pour coucher quelques aventures dans un cahier à spirale. En Heure noire, vous pourrez découvrir *Folle à tuer ?*, *L'heure de la vengeance* et *Sombre trafic*.

Lorris Murail est né au Havre. Il est père de trois filles, dont des jumelles. Sa profession : écrivain. Déjà coupable d'avoir commis à plusieurs reprises des ouvrages prétendument pour la jeunesse chez plusieurs éditeurs, il a participé dans la collection Magnum à *Noël sans frontières* et *Parle-moi d'amour*.

Retrouvez tous les titres de la collection

Heure noire

sur le site **www.rageotediteur.fr**

Aubin Imprimeur
LIGUGÉ, POITIERS

Achevé d'imprimer en juillet 2005
N° d'édition 4192 / N° d'impression P 68731
Dépôt légal juillet 2005 / Imprimé en France